—— 新版 ——
小学语文同步阅读

松鼠

SONGSHU

（法）布封 ——
著

刘阳 ——
译

长江出版传媒 | 长江文艺出版社

目录

第一辑　家畜

马

　　征服这种高傲而剽悍的动物，是人类最高贵的征服之举。马与人共同分担战争的辛劳，分享征战的光荣；马与它的主人一样勇猛无畏，看到战情紧急就勇往直前；它对兵器的碰撞声习以为常，喜欢并追随这种声响，与人一样兴高采烈。它分享人的快乐：无论是狩猎、赛马，还是奔跑，它总是行为出众，耀武扬威。然而它的顺从也不亚于勇敢，它并不逞其烈性，它懂得节制自己的举动。它不但屈服于骑手的操纵，而且似乎还探询他的意愿，经常按照主人留给它的印象而奔跑、缓行或停步。这是一种生来舍己为人的动物，甚至会迎合别人的心愿，它以动作的敏捷和准确来表达、执行别人的心愿，我们希望它做的一切，它都能感觉得到。它毫无保留地奉献自己，不拒绝任何使命，反而尽一切力量来为我们效力，甚至还超出自己的力量，不惜牺牲生命来更好地为我们效力。

　　上面所说的是其才能得到发挥的马，是天然品质已被人工驯化过的马，是从小就得到精心照料，后来又经过驯养，专门为人效劳的马。它所受的教育从丧失自由开始，以受到束缚告终：这些动物被奴役或驯养已经太普遍、太悠久了，因此，我们很少见到它们处于自然状态。它们在劳作时总是披鞍戴辔，我们从不解除它们的束缚，甚至在不干活时也是如此。假如我们偶尔让它们在草场上溜达，它们也一直带着顺从的痕迹，而且也常常带着劳动和痛苦的残酷痕迹：嘴由于衔铁嚼子勒下褶皱而变形，腰部长了疮或被马刺刮出条条伤痕，脚指甲也钉上不少钉子。由于经常受到羁绊而留下来的痕迹，连它们的身体姿态都受到了妨碍。即使我们解除对它们的束缚也无济于事，它们是不会显得更自由的。就是那些受束缚较少的马，那些只为主人摆阔气、讲排场而喂养的马，那些不是为装饰它们自身，而是为满足主人的虚荣心而戴上镀金链条的马，对它们来说，额头上挂着一撮艳丽的鬃毛，颈鬃被编成细辫，满身披上彩丝和金饰，所受的侮辱也不亚于它们脚下的铁掌。

天性比人工更美；在一种动物身上，动作的自由又构成美的天性。请看那些在南美洲各地区繁殖的马吧：它们的步行、奔驰、腾跃，既不受拘束，又没有节制；它们为自己的独立而自豪，看到有人在场就躲避，它们不屑于受人照料，它们寻找并且也能找到合适的食物；它们在广袤的牧场上走来走去，自由自在地腾跃，它们采集新春提供的新鲜食物；它们没有固定的住所，除了晴朗的天空以外没有任何别的庇荫，它们呼吸着清新的空气，这种空气比我们压缩它们应占据的空间，把它们关入的那些圆顶宫殿里的空气要纯净得多。因此，与大多数马相比，这些野马特别强壮、特别轻捷、特别遒劲，它们有大自然赋予的优势，即力量和高贵，别的马只有人工所能给予的机敏和谐趣。

这种动物的天性并不凶猛，它们只是桀骜不驯而已；虽然它们比大多数别的动物有力气，但从不袭击其他动物。若是它们受到其他动物的攻击，它们也不屑于与之争斗，干脆就将它们赶走或踩死。它们也成群往来，集聚在一起只是为求群居之乐，因为它们并不怕别的动物，只不过它们自己彼此依恋。也因为草和植物足够它们食用，有大量的食物来满足它们的胃口，它们对兽肉没有任何胃口；它们并不向别的动物开战，也不互相开战，更不互相争夺生活资料，它们从来不侵犯一只小动物或者抢夺同类的财富，而这正是其他食肉动物争斗的根源。它们总是和平共处，因为它们的胃口简单、有节制，又有足够的生活资料，不需要向同类表现贪欲。

这一切可以在人们一起喂养并且成群放牧的小马中看得很清楚：它们有温和的习性和合群的品质；它们的力量和热情通常由竞赛的行为表现出来；它们奔跑时努力抢在前面，争着过河，跳越壕沟，自我训练，甚至在危险面前更加亢奋。那些马在这类天然训练中树立榜样，那些自己跑在前面的马是最勇武、最优秀的，一旦被驯服，又常常是最温和、最柔顺的。

在所有身材高大的动物中，马是各部位比例最匀称、最优美的。因为，拿它与比它低一级的动物相比，就可以发现，驴子长得太丑，狮子头太大，牛与自身的粗大身躯相比腿太细太短，骆驼是畸形的，最笨重的动物——犀牛和大象，可以说只是未定形的肉团。腭骨前伸是四足动物的头颅与人的头颅不同的主要特征，也是所有动物最卑微的特征；然而尽管马的腭骨也向前伸，但它不像驴那样傻里傻气，不像牛那样呆头呆脑；相反，它的脑袋的匀称比例使它外形轻盈，又被颈部的美所衬托。马一抬头好像就要超越它那四足动物的等级；在这高傲的状态中，它与人面对面，它的眼睛有神，睁得很大，耳朵灵敏，大小适中，不像牛身太短，驴身太长；它的鬣毛正好与它的头相称，装点它的颈项，使它的样子有力而高傲；它的长而密的尾巴盖住并恰好到它的身体后部为止。不同于鹿、象的短尾巴，不同于驴、骆驼、犀牛的光秃尾巴，马的尾巴是由密而长的鬃毛构成的，好像直接从后部长出来的。因为长出鬃毛的小肉桩很短，它不能像狮子那样翘起尾巴，不过尾巴虽然垂着，对马来说却很合适；因为它可以向旁边摆动，所以能够有效地用来驱赶那些讨厌的苍蝇；因为，虽然马的皮肤很硬，又长满厚而密的毛，但它却十分敏感。

阿拉伯马

阿拉伯人无论怎样穷，他们都拥有马。他们通常骑母马，经验告诉他们，母马比公马更能忍受疲劳、饥饿和干渴；母马的缺陷不像公马那么多，还更温和、更少嘶鸣。人们培养了马的合群的习惯，它们大群地待在一起，有时整天无人看管，也互不争斗，互不伤害。阿拉伯人只有一顶帐篷为家，这顶帐篷也充当马厩；母马、马驹、丈夫、妻子、孩童，大家都混杂地睡在帐篷里。小孩躺在母马和马驹的身上、脖子上，这些牲口既不伤害他们，也不使他们难受；可以说，它们不敢乱动，生怕他们难受。这些母马习惯于在这亲密气氛中生活，它们能忍受各种各样的戏弄。阿拉伯人不打它们，他们温和地对待它们，对它们说话、讲道理，给它们十分精心的照料；他们总是让马缓步慢行，除非万不得已，决不使用马刺来刺它们。可是，马一旦感到马镫的尖角碰到肋部，便奔跑起来，速度快得令人难以置信；它们与牝鹿一样，轻盈地跨越树篱和沟壑。这些马训练有素，一旦骑手摔下去，它们哪怕跑得再快也会猛然停住。所以阿拉伯马身形较小、很瘦、肢体很匀称。他们早晚按时洗刷，极为认真，皮上不留丝毫泥点；他们为马清洗腿、鬃毛和马尾，马尾留得很长，很少梳理，以免弄断。他们白天不喂马，只给它们喝两三次水。太阳落山的时候，在它们的脑袋边挂一只口袋，里面有约半斤纯大麦。这些马只在夜间进食，待它们次日早晨吃光了，再把食袋拿掉。三月份草长高了，就给它们喂青草。春季一过去，人们就将马从牧场牵回来，一年剩余的时间只是给很少一些青草和饲料，干草也难得喂一次；大麦是它们仅有的食粮。一旦它们长到一岁到一岁半，人们立刻剪掉马驹的鬃毛，让它们长得又密又长；从两岁，最晚两岁半，人们就骑上马；只是在这年龄才装上辔头和鞍具，每天所有阿拉伯马上了鞍辔，从早到晚，待在帐篷门口。

驴

　　驴并不是一种退化的马，一种尾巴无毛的马。它既不是来自外邦，也不是突然闯入，也不是杂交而生；它像所有的动物一样有它的家族、它的种、它的类；它的血脉是纯的；虽然它的身份不那么显贵，它却与马一样优越、一样古老。那么，为什么我们会那么瞧不起这样一种如此优秀、有耐性、消耗少又很有用的动物呢？难道人们连那些忠心耿耿地为人效力、自身要求却很低的牲畜都不屑一顾吗？我们养马，对它进行驯化、照料、教育、训练，却让驴受到最下等的仆人们的粗暴对待，或者儿童们的任意耍弄。经过驯养之后，驴并没有获得什么，而只是失去一切；诚然，它没有大量的优点——事实上，它正是因为我们对它的冷遇而丧失了这些优点：它是粗野乡民的玩偶、取笑嘲弄的对象，他们手拿木棒赶它，不小心、不分轻重地打它，让它驮重物，使它疲惫不堪。我们没有注意到，要是世界上没有马，驴子对我们来说，就是牲畜中头等的、最标致、长得最匀称的。它不是身居第一，而是退居第二，

— 9 —

就是因为这一点，它似乎无足轻重了。正是这种比较贬低了它：我们关注它、评判它，不是对它本身，而是相对于马而言，我们忘了它是驴，忘了它有自己天生的各种优点，各种才能与它的种类有关；我们想到的只是马的外形和优点，这是驴没有、也不应该有的。

马的天性豪迈、热烈、骁勇，驴的天性谦恭、耐心、安静。驴持久地、尽可能勇敢地忍受惩罚和打击。驴在食物的量和质方面要求不高：它满足于最硬的和最难吃的草，这是马和别的动物吃剩的、不屑一顾的。驴喝水很挑剔，只想喝最洁净的水，到它熟悉的小溪旁喝水。它喝水与吃东西一样很节制。据说，它害怕自己耳朵的影子，因而不把整个鼻子淹进水中。因为我们不想费事给它戴上鞍辔，所以它经常在草地、荆棘和蕨类植物上翻滚，它也不很在意我们让它运的东西。每一次都尽可能地睡下来打滚，好像以此来抱怨它的主人对它的关照太少；它不像马在污泥和水中打滚；它甚至怕弄湿四足，于是转过身去避开泥浆，因此它的腿比马更干净、更清洁。它容易驯养，我们见过它站得笔直以便观望身边的景物。

驴幼年时是欢快的，甚至比较漂亮：它有几分轻盈和雅致。但是，它很快就丧失了这些优势，或者由于年龄，或者由于受到恶劣的对待，它变得迟缓、难以管教、愚顽

固执。它对子女有强烈的爱心。普林尼①向我们证实：当有人将它们母子分开时，母亲就穿过烈火去与子女再会合。尽管它通常遭到粗暴的对待，它仍然依恋主人，它从很远处就能感到他的存在，将他与其他所有人区别开来。驴也能认出它习惯居住的地方、经常走过的路。它眼睛尖、味觉好、耳朵灵，这一切又有助于将它置于最羞怯的动物之列。按人们的说法，驴都有敏锐的听觉和长耳朵。当我们让它驮重物，它侧过头，垂下耳朵偏开。当我们使它太难受时，它会张开嘴，以一种很难看的方式噘起嘴唇，神态显得嘲讽、可笑。若是蒙住它的眼睛，它就一动不动。而

---

① 指老普林尼（公元 23—79 年），古罗马博物学家，著有《博物志》。

当它侧身躺着时，假如我们摁住它的脑袋，让它眼睛贴地，并且用一块石头或一段木头遮住它另一只眼睛，它将会保持这种姿势，一动也不动，也不晃动挣扎。它像马一样步行、小跑、奔走；不过所有这些动作比马要小、要慢得多。尽管它开头能够以较快的速度跑，却不能在短时间里跑完一小段路；不管它采取什么步伐前进，要是我们赶它，它很快就会疲惫不堪。

牛

  牛、羊与其他食草为生的动物，不仅在动物中对人最为友善、最为有用、最为亲密（因为它们为我们提供食物养料），而且它们还是消耗最少的动物；牛在这一方面尤其出类拔萃，因为它把取自大地的一切全都还给大地，它甚至改善草地赖以存在的基础，它使草地肥沃，而不像马与其他动物那样，短短几年就使丰饶的草地变得贫瘠不堪。

  然而，这种牲口还不限于为我们提供这些好处：要是没有牛，穷人与富人都将难以生存，大地将依然处于荒瘠不毛状态，农田甚至苗圃就会龟裂，寸草不生；乡间的农活全靠有了牛而运转起来；它是农场里最得力的帮工，乡村生活的支柱；它实现了农业的整体力量。从前，它创造着人类的全部财富，如今，它依然是一些国家富裕的基础。这些国家仅仅靠土地的耕耘和牲畜的兴旺才得以维持并繁荣，因为它们是仅存的实际财富；而其他财富，哪怕是金银财宝，也只不过是随意挥霍的财富、炫耀之物、流通货币，它们只在大地的产品给它们提供等量的财富时才有价值。

与马、驴、骆驼等不同，牛并不适合运载重负：它的背和腰的外形表明了这种不适。但是它颈厚、肩长，表明它适合牵引或戴上牛轭；也正是以这种方式，它才最有助于牵引；它似乎生来就是为了耕地。它身体笨重，动作缓慢、足蹄较低，干活时不动声色，又有耐力，这些特点似乎集中起来，使适于耕田者非它莫属。与其他动物相比，它更能克服不断产生的阻力。马比牛更有力，却不那么适合这一工作；马的腿太长，动作太大、太猛烈，况且太焦躁，太容易厌弃别的东西。我们让牛干的是沉重的活儿，这种活儿需要热情，更需要耐心；需要速度，更需要稳重；需要机智灵活，更需要身强力壮。在这种时候，我们甚至使它失去了行动的全部轻快和柔和，态度和举止的全部优雅。

耕牛

一头好耕牛应该既不太肥也不太瘦：头不应太长，应该收拢，耳朵大，体毛浓密、均匀统一，角有力、有光泽，前额宽，眼睛大而有神，鼻子粗、低塌、张开，牙齿白、齐整，唇黑，脖颈多肉，肩宽而沉，胸部宽，颈部的垂皮（即胸前皮肉）吊至膝部，腰大，腹宽，往下垂，腰部粗而长，臀厚，大腿粗壮而有力，腰直而圆润，吊着的尾巴拖到地上，毛细密，步履坚实，皮粗糙、坚韧，肌肉发达，趾短而宽。它也应该对刺棒敏感，听从人的召唤，昂首前进；不过要循序渐进，早点训练，才能让牛自愿套上牛轭，任人牵引。从两岁半到再大些，就要开始驯服它、制服它；要是等到晚些时候驯养，它就变得不顺从了，常常不可制服。耐心、温和，甚至抚摸是仅有的几种必须运用的手段；武力和粗暴的对待只会使它永远厌恶。因此，必须轻轻抚擦其身体，不时给它喂大麦糊、研碎的蚕豆和它最爱吃的其他食物，以及它非常喜欢吃的拌盐混合饲料。同时，经常绑缚牛角。几天后，将它套上牛轭，让它与另一头体格相仿、经过训练的牛一道拉犁；我们要小心翼翼地将它们系在离食槽不远处，再将它们牵到草场，让它们互相了解，养成完全适应共同活动的习惯；在开始阶段决不用刺棒顶它，那样只会使它更难对付。此外，应该谨慎地对待它，只让它耕少量土地，因为牛没有完全经过训练时很容易疲劳；出于同样的理由，只是在情况改观时，才喂给它更多的食物。

绵　羊

　　只是由于我们的救助和关照，这种羊过去和现在才得以生存，并将继续生存下去：它本身不能谋生。母羊完全没有食物来源，不受保护；公羊只有微弱的能力：它的勇气只不过是一种活泼劲儿，对自己毫无用处，对其他羊也不合适。公羊比母羊更怕羞；它们正是出于恐惧才经常聚集在一起；哪怕最小的一点奇特的声响都足以使它们互相挤撞。伴随这种惧怕的是最大的愚笨，因为它们不懂得危险，它们甚至好像感觉不到自己处境的不适；它们待在住处，不管下雨、下雪；它们顽强地待在那里，要想让它们换地方和行走，必须让一只头羊带路。它们一步一步地跟随头羊活动。这只头羊本身与其他羊一样一动不动，待在原地，除非被牧人驱赶或者被牧羊犬所激怒。狗实际上懂得注意它们的安全，保护它们，给它们带路，让它们分开，让它们集中，向它们转告它们将要进行的活动。

　　这些动物，生性朴实，也很脆弱：它们不能长时间走路；旅行使它们虚弱、无力；它们奔跑时，很快就心跳突突，气喘吁吁；无论高温、烈日，还是潮湿、寒冷、冰雪，它们都不适应；它们容易患多种疾病，大部分是传染病；肥胖有时也会使它们死亡，也总是阻碍母羊繁衍；它们往往难产，而且比任何别的家畜需要更多的照料。

猪和野猪

在所有四足动物中，猪似乎是最不开化的，它形体的缺陷仿佛影响到它的天性：它的所有习惯都是粗俗的，所有口味都是肮脏的，所有感觉都归结为粗暴的贪食——见东西就吞噬，根本不分辨，甚至吃自己刚生下来的猪崽。猪这样贪婪，大概因为它的肠胃功能太强，必须不断地填充；还因为它的口味太低劣，必须不断地麻痹味觉和触觉。猪毛粗糙，皮肤坚硬，肥膘很厚，因而不在乎棍棒打：有人见过小老鼠待在猪背上，噬食猪皮和肥肉，而猪却好像没有什么感觉。猪的触觉非常迟钝，味觉也同触觉一样粗鄙，但其他感官却很好。猎人就非常清楚，野猪在远处就能看得见、听得到并感觉到人的存在；因此，他们为了偷袭，就连夜静静地守候，而且选择下风头，以免让猪闻到气味；如果猎人处于上风头，野猪很远就能闻到气味，马上就掉头沿原路回去了。

用打猎的术语来说，不满三岁的野猪被称为"结群的动物"，因为不超过这个年龄，它们彼此不离散，总是一道

跟随它们的母亲活动；它们只有等到长得相当强壮，不再怕狼了，才开始单独活动。这种动物主动结成群伙，以确保安全，一旦遭受攻击，就靠数量抵御，相互救援、群体自卫；它们紧紧靠拢，形成了一圈儿，最大的守正面，最小的裹在中间。家里畜养的猪也以同样的方式自卫，不需要狗去看管；不过，由于它们不驯服又固执，一个机灵而强壮的汉子，就能放牧五十来头。秋冬两季，树林里野果很丰富，可以赶猪去吃；夏季，就到潮湿的沼泽地去放猪，那里有大量的虫子和植物的根茎；春天，则把猪撒到田野的撂荒地上。每天放牧两次，一次是从早晨露水干了以后，直到十点钟，第二次从下午两点直到黄昏。冬季每天仅放牧一次，而且天气还必须好，朝露和雨雪对它们都不合适。一旦雷雨骤然而至，或者仅仅下大雨，往往看到猪群逃窜，边逃边叫，发出类似被捆起来要挨宰时的头几声哀嚎。公猪不像母猪叫得那么欢。难得听到野猪嚎叫，除非它搏斗时被另一头野猪咬伤了；母野猪倒是经常叫唤。野猪突然受到惊吓，喘息就特别剧烈，从老远的地方就能听到。

狗

一、看家狗

高大的身材，优雅的面容，有力的身躯，灵活的动作，所有这些外在的品质，在一种动物身上，都不能算是它的高贵的部分；人们论人，总是认为精神重于形象，勇气重于体力，情感重于俊美，同样，人们也认为内在气质才是兽类最高贵的部分；就是由于有这些内在的品质，它才有别于自动木偶，才能超出植物进而接近人类；动物生命之所以能够升华，是因为它有情感，使情感产生愿望，并赋予物以进化，以意志，以生气。

所以，兽类的完美程度要看它的情感的完美程度：情感的幅度越广，这个兽就越有能力，越有办法，越能肯定自己的存在，越能与参与宇宙的其他部分发生关系；如果它的情感是细致、敏锐的，如果这种情感还能经由教育而得到完善，那么这种兽就配与人为伍了；它就会协助人完

— 21 —

成计划，照顾人的安全，帮助人、保卫人、迷惑人；它会用勤勉的服务，用频繁的亲热表示来笼络主人、迷住主人，把它的暴君转变为它的保护者。

　　狗除了它的形体美以及活泼、有力、轻捷等优点之外，还高度地具有一切内在的品质，足以吸引人对它的注意。野狗有一种热烈的、易怒的乃至凶猛的、噬血的天性，使所有的兽类都觉得它可怕。在家犬身上，这天性就让位于最温和的情感，它以依恋为乐事，以讨人欢心为目的；它匍匐着，把它的勇气、精力和才能都呈现在主人的脚前；它等待着他的命令，以便施展自己的勇气、精力和才能；它揣度、询问、恳求主人，眼睛一瞥就已足够，它懂得主人意志的示意；它不像人那样有思想之光，但是它有情感的全部热量；它还比人多一个优点，那就是忠诚，就是爱而有恒；它没有任何野心、任何私利、任何报复的欲望，它什么也不怕，只怕失掉人的欢心；它全身都是热忱、勤奋、柔顺；它容易感念旧恩，忘记侮辱，它遇到虐待并不气馁，它忍受虐待、忘掉虐待，或者说想起虐待都是为了更依恋主人；它非但不恼怒，不逃脱，反而准备承受新的苦痛，它舔着刚打过它的手，舔着使它疼痛过的工具，它的对策只是诉苦，总而言之，它以忍耐和柔顺逼得这只手不忍再打。

　　比人更驯服，比别的动物更柔顺，狗不仅很短时间内就熟悉情况，而且甚至能顺应指挥者的各种动作、举止和习惯；它也能摆出主人的派头；像别的仆人一样，它在阔人家里就傲慢，在乡民家里就卑俗。狗总是向主人献殷勤，而且敌视那些不速之客。它从衣服、声音、举止就认出它们，阻止它们靠近。当人们夜间让它看家时，它就变得自傲，有时甚至凶狠；它看门、巡逻时，从老远就能觉察到陌生人，只要他们停下来，试图越过栅栏，它就冲上去阻挠着。它用不断的吠叫、愤怒的使劲叫喊报警，也警告进犯者，并与之奋力搏斗。它同样会愤怒，立刻扑向他们，咬伤他们，撕裂他们，夺回他们竭力抢走的东西。可是它只以获胜为乐，在闯入者遗体上休息，不碰它们，哪怕是为了满足胃口，并且同时表现出勇敢、节食和忠实的榜样。

只要设想一下，如果世界上根本没有狗，那会是一种什么局面，我们就会感觉到它在自然界里的地位是何等重要了。假如人类从来没有狗帮助，他当初又怎么能征服、驯服、奴役其他的兽类呢？就是现在，没有狗，他又怎么能发现、驱逐、消灭那些有害的野兽呢？人为了自己获得安全，为了使自己成为宇宙中万物之灵长，就必须先在动物界里造就一些党羽，先把那些能够依恋、服从的动物用柔和与亲热的手段拉拢过来，以便利用它们来对付其他动物；因此，人的第一艺术就是对狗的教育，而这一艺术的成果就是征服了、占有了大地。

大部分动物都比人类更敏捷、更有力，甚至更勇敢些；大自然给它们配置的、给它们武装的本钱，都比人要优越些，它们的感觉也都比人的更完善，特别是嗅觉。人拉拢到了像狗这样勇敢而驯良的兽类，就等于获得了新的感官，获得了许多器械、许多工具。但是器械也好，工具也好，即使仅仅就功用而论，也都远远比不上大自然馈赠给我们的这种现成的器械——狗。它补充我们的嗅觉之不足，给我们提供了战胜与统治一切物类的巨大而永恒的力量；忠于人类的狗，将永远对于其他畜类保持着一部分的权威和高一等的身份。它指挥着其他兽类，它亲自率领着牧群，统治着牧群，它使牧群听从它的指使，比听牧人的话还有效；安全秩序与纪律都是谨慎、辛勤的成绩；那是归它节制的一群民众，由它领导着，保护着，它对民众永不使用强力，除非是要在它们中间维护和平。

二、猎狗

一听到枪声，一听到号角和猎人用声音发出的就要开战的信号，狗就产生出一种新的热情，以最强烈的感情表明它的快乐；它以动作和叫喊表明急于战斗和获胜的愿望，随后悄悄行走，试图认出环境，逮住掩蔽处的敌人；它寻找其踪迹，跟踪其步伐，以不同的声调指明时间、距离、空间，甚至它的猎物的年龄。

受到威胁、仓促逃命、无望获救时，这种动物也能施展各种才能，以狡猾来对抗精明。本能从没有发挥得如此令人惊叹：为了让痕迹消失，它往返来回；它跳跃腾挪，甘愿脱离地面飞越空间；它一跃就越过大路、栅栏，甚至涉水渡过小溪、河流；但是始终被紧追，不能隐身，试图将另一个放在自己的位置，它自己去打扰另一个更年轻、经验不足的邻居，让它与自己一起动身、行走、奔跑，搅乱追踪者的行踪，当它以为可以让邻居代替自己的厄运时，就会突然离开，比被追赶时更快，让邻居成为被迷惑的敌人的目标和受害者。

但是，狗以这种训练和驯养的优势，以这种独有的敏锐感觉，不会失去它追踪的目标；它能分辨其共同点，从一团乱线中找到线索；它以嗅觉感受迷宫的所有拐角和人们想让它迷失的所有错路；它不会放弃敌人去追一个与己无关的动物，而是在运用计谋获得胜利之后，它发怒，加劲追赶，终于追到、攻击，并且将它置于死地，喝其血来解渴和解恨。

猫

猫是一个不忠实的家仆，我们只是迫不得已才养它，为的是用它来对付另一个更惹人讨厌的、赶不走的家敌。因为我们不算是那些对所有家畜都有兴趣，养猫仅仅为了取乐的人。虽然这些动物优雅漂亮，尤其在它们年幼时更是如此。可是它们同时又有一种前所未有的狡猾，一种虚伪的性格，一种作恶的天性，这些特点随年龄而增长，驯养只不过将这些特点掩饰起来。当它们更大些，就肯定变成盗贼，像骗子一样温和、顺从、溜须拍马。它们在做坏事方面具有同样的灵巧、同样的精明、同样的趣味，也同样有小小掠夺的习性，隐藏它们的意图、窥伺时机，等待着选择攻击的时刻，然后逃脱惩罚，逃走并待在远处，直到有人唤它们。它们容易学会与人相处的习惯，但是从不学习生活方式。它们只有依附于人的表面现象；我们以疑惑的目光看它们斜着身子活动：它们从不正视它们所喜欢的人，要么怀疑，要么假装，它们绕弯子与人接近，想让人来抚摸它们，它们对亲热的抚摸很敏感，只是因为抚摸给它们带来舒适。忠实的动物具有与主人的个性有关的各种感情，猫却与此不同，似乎只是在适当条件下才感受宠爱，适宜与人相处只是为了充分加以利用；出于这种与生俱来的适应能力，它们与人共处不像与狗那样水火不相容，在狗身上，一切都是直率的。

身体构造和性情与天性一致：猫漂亮、轻盈、灵巧、爱干净、喜好逸乐；它们喜欢轻松自如，喜欢寻找最柔软的家用物品来休息、戏耍。

猫还没有长大时，欢快、活泼、漂亮，假如它的爪子不惹人害怕的话，或许非常适合逗孩子玩耍；然而它们的嬉戏虽然一直可爱、轻巧，但并非与人无害，而且很快会转变成习惯性的狡猾；它们只能以某种优势对小动物施展才能，于是就埋伏在一个笼子旁，窥伺鸟儿、老鼠，此时虽然本身没有经过训练，狩猎时却比受过训练的狗更灵活。它们乐于窥伺、袭击、冷漠地伤害所有弱小动物，如鸟儿、幼兔、小野兔、家鼠、田鼠、蝙蝠、鼹鼠、蟾蜍、青蛙、蜥蜴和蛇。它们没有任何驯良的习性，也缺少灵敏的嗅觉——这正是狗身上的两种优秀的品质；因此，它们看不见小动物时就不再去追捕；它们不追赶小动物，但是却等待着，冷不防发动袭击。在戏耍了长时间以后，甚至是吃饱以后，它们根本不需要这个战利品来满足胃口，在没有任何必要的情况下把它们弄死。

这些猫，虽然居住在我们屋里，但是我们不能说它们整个儿就是家庭里的小动物；我们甚至可以说它们完全自由：它们只做自己所愿做的事，它们想远离一个地方时，世上没有什么能让它们多待一会儿。

它们怕水、怕冷、怕臭味；它们喜欢晒太阳，它们试图蜷缩在最暖和的地方，烟囱后或壁炉里；它们也喜欢芳香。它们的睡眠是轻微的，它们不熟睡，却装出熟睡的样子。它们缓缓地步行，几乎一直沉默，不发出一点声响；它们隐藏起来，到远一点的地方去排泄，再用泥土覆盖起来。由于它们爱干净，它们的毛皮总是干燥、闪亮的，它们的毛容易发光。我们用手触摸时，会看到它们在暗中闪光。它们的眼睛在黑暗中也发亮，可以说差不多如同宝石在夜里把白天所浸染的光线映射出来一样。

第二辑 野兽

鹿

　　鹿似乎有敏锐的眼睛，灵敏的嗅觉，聪敏的听觉。它
想听什么就抬起头，竖起耳朵，于是它老远就能听见；它
走出小树丛或另一个树木稀疏的地方，先停下来环顾四周，
随后寻找猎物留下的气味，以便感受是否真的没有什么东
西打扰它。它的天性比较朴实，然而它好奇、诡诈；有人
从老远打呼哨或者叫唤时，它会猛然停下来，带着一种惊
诧，目不转睛地望着车辆、畜群和人；假如他们既没有武
器，也没有猎狗，它就继续安稳地往前走，自豪地走它的
路而不逃跑。它也显得同样平静、快乐地听牧羊人的芦笛
和竖笛，猎手们有时利用这一技巧来使它宽心。一般说来，
它怕人更怕狗，只是在不安的时候，才逐渐表示怀疑和运
用诡计；它吃草时，努力安静下来以便不慌不忙地反刍；
但是这种反刍，似乎不像牛那么容易；可以说是由于运动，
鹿才可以回头咀嚼存留胃部的草。这取决于吃草必经路线
的长度和方向；牛的颈项短而直，鹿的颈项长而弯，因此
需要花更多的气力来使食物返回嘴里，而且这种努力会以

一种类似打嗝的方式进行。其活动外部标志明显，并在整个反刍期间一直持续。它年纪更大些，声音就更高、更粗、更战栗了；母鹿的声音更弱、更短促。

冬天它不喝水，春天喝得更少，柔嫩、沾满露水的草对它来说已经足够补充水分了；可是，在夏天炎热干燥时，它也会到小溪、沼泽、泉水边去喝水。有时它那么热，到处找水，不仅为了平息它难熬的干渴，而且为了洗澡、使身体凉爽。它游泳游得很好，人们看见它渡过滔滔大河；有人甚至说，它跳到海里，能从一个岛游到相隔好几公里①的另一个岛。它们跳跃比游泳更麻利；因为它们被追捕时，能轻而易举地越过一个篱笆，甚至近

---

① 这里的"里"原文为"法里"，还有下文中的"尺""寸""斤"，都为法尺、法寸、法斤。1 法里约合 4 千米，1 法尺约合 325 毫米，1 法寸约合 1/12 法尺，约合 27.07 毫米；"斤"指法国古斤，巴黎为 490 克，各地为 380—550 克不等。

两米高的栅栏。它们的食物按季节变化而不同：秋天，它们寻找绿树丛的花蕾；冬天，下雪时，它们剥树皮，靠树皮、苔藓作营养；气候温和时，它们到麦田里去吃草；在初春时分，它们寻找白杨、山毛榉、榛树的柔荑花序、欧亚山茱萸的花蕾等；夏天，它们可挑选的植物就更多了，不过，它们喜欢黑麦胜过喜欢其他种子，喜欢泻鼠李胜过其他各种树木。

狍 子

　　鹿作为树林里的最高贵的居民，生活在林子里最高大的乔木所覆盖的地段；狍子则是低一等的居民，满足于住在矮木林下，一般爱待在茂密的幼树丛中。比起鹿来，狍子少些高贵气，力量要小，个头也矮得多。但是它更可爱、更活跃，甚至更勇敢；它也更欢快、更轻捷、更警觉；它的体形更加浑圆、更加优美，形貌也更加好看；尤其眼睛更美更亮，仿佛流露出一种更生动的感觉。它的四肢更灵活，动作更敏捷，跳跃不费力气，轻盈而有力。它的皮毛适中洁净，油光光的；它从来不像鹿那样在泥水中打滚。狍子只愿意待在地势最高、最干燥、空气最清新的地方。而且，狍子还更狡猾，逃避追捕时更机灵，也更难追踪。它比鹿多几分本能和敏感。因为，它有一个致命的弱点，身后留下的气味更大，比鹿的气味更强烈地刺激猎犬的胃口，促使猎犬更加狂热地追捕。它不等力气耗尽才运用计谋，恰恰相反，它一旦感到头一阵迅速逃跑未能奏效，就原路折回，兜上几圈再回来；这样折来折去，等到往返的方向混淆起来，原先的气味与此刻的气味也混淆起来，它就一纵身离开地面，跳到圈子外，趴在地上一动不动，让它的仇敌——那群猎犬从旁边全都冲过去。

狍子的天性与梅花鹿和黄鹿不同，天生的各种习惯也不一样。狍子不像鹿那样结群，大批一起行动，而是以家庭为单位：父亲、母亲和孩子待在一起，从未见过它们同陌生的狍子结伴。

野　兔

　　野兔夜间比白天吃草更多，它们从草、根、树叶、水果、种子吸取营养，特别喜欢液汁多的植物，它们冬天甚至吞吃树皮，很少有桤木和椴木它们不碰；我们养野兔时，用莴苣和蔬菜喂它们，可是这些喂养的野兔的肉总是食之无味。

　　它们白天在兔窟睡眠或休息，可以说只是晚上才生活：它们是在夜里散步、吃食、交配；我们看见它们在月光下一起嬉戏、跳跃、互相追逐；可是最微小的动静，比如一片落叶的声音，就足以使它们惊慌不安；于是它们就逃跑，各自逃往不同方向。

　　野兔睡眠多，总是眼睛睁着睡觉；眼睑没有睫毛，似乎眼睛不好。仿佛出于补偿，它们听力却很灵敏，与它们的身体相比，耳朵大得出奇；它们极为敏捷地摇动长长的耳朵，把耳朵当作帆来使用，以便在奔跑中指引方向。它们的速度很快，能轻而易举地超过别的动物。由于它们前腿比后腿短，奔跑时上山坡比下山坡更快；因此，它们被追赶时，总是先上山；它们奔跑时的步态是一种小碎步，一种轻捷而急促的跳跃；它们步行时不发出一点声响，因为它们脚下满是毳毛。它们也可能是绝无仅有的嘴里长毛的动物。

猎野兔是乡下懒人的娱乐，也经常是唯一的消遣活动；因为可以不需要工具、不花钱地进行，甚至是适合所有人的有益活动；早上出发，晚上在树林一隅等待野兔返回或出来；白天到它栖身的地方去找。在阳光灿烂空气凉爽的日子，野兔在跑了许多路后憩息时，身上的热气形成一缕水汽，猎手老远就望得见。倘若他们的眼睛擅长这类观察，就看得更清楚了；我们看到他们被这种蛛丝马迹所引导，从两公里以外出发，到兔窟边捕杀野兔。再进一步，假如我们装着不看它，假如我们不是直插过去，而是朝它那里斜绕过去，以便能够接近它时，它通常任由我们从旁边接近。它怕狗甚于怕人；当它感觉到或听到有一只狗来了，它就远远地溜走；虽然它比狗跑得更快，但由于不走直线，在它奔出的地点周围转来转去，猎狗追捕它，拦路截住，抓获并弄死它。夏季，它甘愿待在田野里；秋天，则待在葡萄园中；冬天，就在灌木丛或树林里。因此，我们在任何时候都不用猎枪捕杀，只要凭借飞奔的狗迫使它奔跑；也可以让猛禽、猫头鹰、鸢、鹰、狐狸、狼去捕捉它，人们同样攻击它。野兔的敌人为数众多，偶尔才能躲开它们，它们很少让野兔享受大自然留给它的屈指可数的几天。

狼

　　狼是那些食肉的欲望最强烈的动物之一。它从大自然接受了满足这种嗜好的各种手段，虽然大自然给了它武器——狡诈、敏捷和力量，给了它发现、攻击、战胜、捉住并吞食其猎物所必需的一切手段，但是狼常常难免饿死。因为人类早已向它开战，甚至悬赏缉拿它，迫使狼逃窜，躲进树林；而树林里只有寥寥几种动物，又跑得特别快，往往能逃脱狼的追捕。狼只有靠偶然的机会，或者在动物出没的地点长久地守候，才可能捕获一只，常常只会空等一场。狼生性粗鄙而卑贱，但是必要时也能变得机智，迫不得已时也能变得大胆，饿急了就会铤而走险，去袭击有人看守的牲畜，尤其看准小绵羊、小狗、小山羊等容易叼走的动物。狼这种窃贼一旦得逞，就会卷土重来，直到吃了大亏，受了伤，或者被人和狗赶走为止。狼白天躲在巢穴里，夜晚出来活动，在田野里游荡，到住户周围转悠，掳取忘记入栏的家畜。它直接攻击羊圈，在圈门下扒土掏洞，钻进去疯狂残杀所有羊，然后才挑选带走的食物。如

— 38 —

果这种偷袭一无所获，狼就会到树林里窥伺、寻觅并跟踪，追猎野兽，希望另一头狼会合力堵截，逮住逃窜的动物，

分享猎物的尸体。此外，假如狼真是饿到了极点，它就会不顾一切，攻击妇女和儿童，有时甚至扑向成年男子；由于这种极端的行为而变得疯狂，最后往往发疯而死。

无论是外貌还是肌体结构，狼都极像狗，与狗仿佛是同一个模子造出来的；不过，狼所显示的顶多是模子的反面，完全从反面表现出同样的特性；如果说模型相同，脱胎出来的东西却相反。狼和狗天性差异极大，非但不能相容，而且从本性上就互相憎恶，从本能上就相互敌视。小狗初次见到狼，就会不寒而栗，一闻到狼的气味，就吓得发抖，赶紧躲到主人的胯下，尽管它从未闻过那种陌生的气味。一条护院狗了解狼的力量，见到狼就毛发倒竖，怒

不可遏，勇敢地进攻，力图将狼赶跑，竭力驱逐一个可恶的不速之客。狼和狗狭路相逢，不是互相逃避，就是搏斗起来，而且搏斗得极其猛烈，定要拼个你死我活。狼要是更为强大些，就会将对手撕烂，吃下去。反之，狗若是获胜，就显得更为大度，赢了就罢休，并不认为战死的敌人的肉怎么香，干脆丢给乌鸦乃至其他狼吃；因为狼之间可以互相吞噬，别的狼会沿着血迹追随一只受了重伤的狼，群起而攻之，结果它的性命。

哪怕是一条野狗，生性也不那么野：它很容易驯养，顺从并忠于主人。狼崽自幼被捉到家里来，也可以驯养，但是它决不依恋人，天性总要胜过教育长大的本性，一有可能就返回野生状态。然而，最粗野的狗也会同其他动物结为伙伴，狗天性就愿意跟随和陪伴其他动物。狗善于带领并看守羊群，也完全是本性使然，不是训练出来的。狼则相反，敌视任何形式的群居，连同类也不可相伴相随。如果见到好几只狼聚在一起，那绝不是和平的交往，而是战争的聚首；它们声嘶力竭，发出可怕的嚎叫，表明要合力攻击一个大动物，如鹿、牛等；或者要除掉一条可怕的牧犬。军事行动一结束，它们就各奔东西，默默地回到各自孤独的状态。

狼的力量很大，尤其在前半身各部位，体现在脖颈和腭部的肌肉上。狼可以凌空叼着一只绵羊，跑得比牧人还快，也只有牧犬追得上，逼使它丢下掳获物。狼撕咬起来特别凶残，对方越不反抗它就咬得越凶；但遇到有自卫能力的动物，绝不会有勇敢之举。如果它挨了一枪，一条腿被打断了，它就会大声喊叫；然而，人再用棍子来最后结果它的性命时，它却不像狗那样哀嚎了。比起狗来，狼更凶残、更健壮，但是不那么敏感。狼整天整夜地行走、奔跑，到处游荡，不知道疲倦。在所有动物中，也许狼最不容易跑得精疲力竭。狗又温和又勇敢，而狼虽然残忍，却非常胆怯：它一旦落入陷阱，就吓得魂不附体，久久地惊慌失措，任人宰杀，也不自卫；任人活捉，也不抵抗；它也任人给套上项圈，系上锁链，戴上头套，然后牵到各处去展示；它不发任何脾气，不敢流露一丝一毫的气愤，甚至不敢流露一丝一毫的不快。

狼的感觉器官很好，眼睛、耳朵尤其鼻子，非常敏锐；远处看不见的地方，往往先能闻到气味。血腥的气味从4公里以外就能把狼吸引过去；它从远处也能嗅到活的动物，根据它们一路留下的痕迹，能够跟踪追捕很长时间。狼要走出树林时绝不会忘记先辨认风向；停在树林边上，朝四处嗅嗅，就能闻到风从远处送来的动物或尸体的气味。狼最爱吃鲜肉，不爱吃死尸肉；不过，有时它也吞噬垃圾堆里最臭的腐肉。狼也爱吃人肉；假如它比人厉害的话，它也许除了人肉外就什么也不吃了。有人见过狼群跟随行进的军队，到达战场，将胡乱埋葬的尸体扒出来，大吃大嚼，吃得再多也不满足。正是这种吃人的狼再见到人就扑上去，往往丢开牲畜而攻击牧人，吞噬妇女，叼走儿童，等等。这种恶狼人们称之为狼妖，必须多加防范。

狼这种动物除了毛皮，浑身没有一点好处。狼皮粗糙，制成裘衣，既保暖又耐穿。狼的肉质极差，所有动物都厌而弃之，唯有狼才肯吃狼肉。狼嘴里呼出的气味恶臭难闻；为了填饱肚子，狼什么都吃，诸如腐肉、骨头、兽毛，连沾满石灰的半成品硝皮，无不可以入口，因此它也常常呕吐，肠胃倒空比填满的时候还要多。总而言之，狼身上的一切——卑劣的相貌、粗野的外形、骇人的叫声、难闻的气味、邪恶的天性与凶残的习性，无不招人憎恶，真是生而有害、死而无益的一种野兽。

狐　狸

狐狸以其诡诈著名，这在一定程度上也算名副其实；狼以武力做成的事，狐狸可以凭借技巧做成，往往更能获得成功。既不需要努力与狗搏斗，也不需要与人搏斗，不袭击畜群，不拖曳尸体，它能活得更安稳。它利用的更多的是机智，而不是行动，它的资源好像就在它自己身上。狐狸狡猾、慎重、机智、小心，甚至非常耐心，它的举止变化多端，它保留一些食物，懂得在适当的时候才享用。它从近处监视它的存货。尽管它与狼同样不知疲倦，甚至比狼更轻巧，但它并不完全相信自己的奔跑速度；它懂得维护自身安全，自己筑一个窝，遇到迫在眉睫的危险时就躲藏在里面，居住在里面养小狐狸。它并不是游走动物，而是住处固定的动物。

这种区别，甚至在人类之中也可以感觉到：在兽类之中引起大得多的结果，必有大得多的原因。这个关于住处的看法，首先要求对住处本身给予特别注意；接着还有选择场所的选择，筑巢时要使其适合居住并用上一些遮住入口的技巧，这些技巧是带有一种高级感觉的痕迹。它住在森林边上，在木房不远处；它听公鸡报晓和家禽鸣叫；它从远处嗅嗅，巧妙地抓紧时机，掩藏它的意图和步伐，一会儿快速穿行，一会儿缓缓爬行，最终总会如愿以偿。它的企图不能得逞的情况极为罕见。

只要它能够越过篱笆或从下面穿过，它就不失时机地穿过去，毁坏家禽棚，在那里把所有家禽弄死，随后带着它的战利品藏到苔藓植物下，或者带到它的洞窟里，轻捷麻利地退走；过一会儿，再回头找另一个猎物，同样带走或掩藏起来，但会藏在另一个地方；随后找第三个、第四个……直到天亮或那住宅的动静提醒它必须溜走时才不再返回。它在粘鸟枝和树丛中也进行这样的活动。有人在那里设下圈套，捕斑鸠和山鹐。狐狸在设圈套的人之前，一大早就动身，一天常常不止一次光临绳圈、粘鸟枝，成功地叼走落入圈套的鸟雀，把所有战利品存放在不同的地方，尤其在车辙中、在苔藓植物下、在刺柏中，有时留在里面两三天，懂得完全按照需要再找出来。它在平原上捕捉小野兔，有时在兔窟处逮住野兔，在它们受伤时从不错过，在养兔林发现小兔、山鹐、鹌鹑的窝巢，抢走正在孵蛋的鹌鹑，弄死大量猎物。狼主要危害乡民，狐狸主要危害贵人。

狐狸与食肉动物同样贪吃，它以一种同样的贪婪什么都吞吃：鸡蛋、牛奶、奶酪、水果，尤其贪吃葡萄；缺少野兔和山鹑时，它不得已而吃老鼠、田鼠、蛇、蜥蜴、蟾蜍等等；这类小动物被它吃掉很多，那就是它带来的唯一的好处。它贪吃蜂蜜；它袭击野蜜蜂、虎蜂、大胡蜂。野蜂为了赶它走，用刺蜇它千百次；它确实在后退，但正是想在打滚中轧死它们；它一直这么干，甚至要求它们丢弃蜂窝；于是它发现蜂窝并吃掉蜂蜜和蜂蜡。它也捕刺猬，用爪子使它们打滚，迫使它们伸展开来。最后，它还吃鱼、鳌虾、鳃角金龟和蚱蜢等等。

　　狐狸的感官与狼同样敏锐，但感觉更细腻，发音器官更柔和、更完善。狼只有发出可怕的嚎叫才能让人听见，狐狸则尖叫、嚎叫，并且发出一种哀鸣，与孔雀叫声相似；它按伪装的不同情感，发出不同的语调；追猎物的叫嚷、强烈愿望的语气、低沉沙哑的呜咽、忧伤的抱怨、痛苦的哀鸣，只有挨上一枪，折断一条腿才会发出这类叫声；因

为，它对别的轻伤根本不叫喊，它像狼一样任凭人们用棍棒打死，并不抱怨，却一直勇猛地自卫着。它咬人时很危险，咬住就不松口，人们不得不利用铁器或棍子来使它松开嘴。它的尖叫声是一种由相似的、非常急促的声音所组成的嚎叫，通常在尖叫声结束时发出更强、更高、与孔雀叫声相似的一声嚎叫。冬天，尤其在下雪和结冰期间，它一直叫个不停。相反，它在夏天几乎沉默不语。它睡眠很酣，我们容易接近它而不弄醒它。它睡下时，像狗一样蜷缩成一团；它只是休息时伸开后腿，趴在地上；它就是以这种姿势，沿着篱笆窥伺鸟雀。鸟雀对它有一种巨大的反感，一看到它，它们就发出一声警告的叫喊；松鸦，尤其乌鸦，把它引到树的高处，经常小声地重复着忠告的叫唤，有时在两三百步之外跟着它。

松　鼠

　　松鼠只是半野生的美丽小动物，以它的优雅、它的温顺，以它的生活习惯的天真，理应得到保护：它既不食肉，也不伤人，尽管它有时也捕捉鸟雀；它的日常食粮是果实——扁桃、榛实、榉果和橡栗。它洁净、敏捷、活泼、非常警觉、非常机灵、非常灵巧，它眼里总是闪烁着神采，面目清秀，身体矫捷，四肢轻快；美丽的小面孔装饰着一根羽饰般的漂亮尾巴，就显得更加标致了。它把尾巴翘至头顶，把自己庇荫在下面。可以说，与其他动物相比，它更不像四足动物；它平常差不多直着身子坐着，用前爪，就好像用一只手来拿东西送到嘴里。它不是藏在地下，而是一直在空中；它以身体轻盈与鸟类相近；它像鸟儿一样栖在树顶，穿过树林，从一棵树跳到另一棵树；也同样在森林中筑巢，搜集种子，饮露水，只是在树木被大风摇撼时才下到地上。在田野里，在露天下，在平原地区看不到它；它从不接近居民区；它不在矮树丛中栖息，而在高高的树林中，在最美丽的乔木林的老树上栖息。它怕土地，

— 47 —

更怕水。有人言之凿凿地说，松鼠非过河不可时，就用一块树皮做船，尾巴做帆或舵。它不像睡鼠那样冬眠；它在任何时候都很警醒；只要人碰一碰它栖息的树，它就从小巢中窜出来，逃到另一棵树上，或者躲到一根树枝下。夏天它搜集榛子，塞满树洞和老树的裂缝，供冬天食用；下雪天它也找榛子，它拨开雪，并用爪子扒开。它有比石貂更响亮、更尖锐的嗓门；此外，每当它气恼时，就闭着嘴发出低声的嘀咕，发出一阵轻微的抱怨。它身子太轻，无法一步步往前走，通常小跳着前进，有时连蹦带跳；它足趾那么尖，动作那么迅捷，一会儿工夫就爬上树皮非常光滑的山毛榉。

在美丽的夏夜，可以耳闻松鼠在树上互相追逐时发出的叫声；它似乎怕阳光灼热，白天躲在自己巢中，晚上出来活动，嬉戏、吃食。这个住处很干净、暖和，雨打不进去；通常以苔藓编扎，随后挤紧、踩平，使它们的小屋比较宽敞、牢固，以便让它们的幼崽舒适、安全地待在里面；只有一个出口，朝着高处，居中，狭窄，刚好能进出。在出口上面是一种圆锥形盖顶，把一切掩蔽起来，使雨水流向四周，淌不进洞内。它们通常一胎生育三四个幼崽。冬天一过，它们就换毛；新毛比脱落的旧毛颜色更深。它们用爪子和牙齿梳理皮毛使之平滑；它们很干净，没有任何臭味；松鼠肉比较好吃，尾巴用于制笔；但是松鼠皮不能做成一件好毛草。

鼠

　　鼠以其给我们造成的不便而相当知名：它通常住在堆放种子、储存水果的粮仓里，并从那里下来，拥进宅中。它是肉食动物，甚至是杂食动物。它对硬物的喜爱超过对软物的喜爱；它啃食羊毛、布料、家具，钻进木头，在墙上凿洞，藏身于地板夹层、房架或者细木护壁板的空当里。它出来觅食，常常能将拖得动的东西全都运回去；有时把那里变成仓库，尤其是有了鼠仔时。它一年生产数次，几乎都在夏季；每胎一般五六只。冬季，它寻找温暖的所在，在壁炉附近或干草、麦捆里筑巢，尽管有猫、毒药、捕鼠器、诱饵，可这些家伙繁殖太快、数量太多，往往还是会造成巨大损失；尤其在乡间老宅里，人们在顶楼存放麦子，离粮仓和干草较近，给它们的藏匿和繁殖提供了便利；它们为数如此之众，倘若它们不互相争斗，人们便不得不弃屋迁居。然而我们曾经见过，只要稍微受到饥饿折磨，它们便互相残杀、吞噬；因为每当数量过多造成粮荒，强者便扑向弱者，掀开它们的头颅，首先吃掉其脑浆，然后吞下尸身的其余部分；第二天重新开战，一直持续到毁掉最大数量的老鼠的程度；由于这个缘故，通常受到这些家伙骚扰一段时间后，突然间它们好像消失了，有时消失很长时间。田鼠也是如此，一旦食物开始短缺，它们便互施暴行，它们惊人的迅速大量繁殖才会就此停下来……

　　老鼠会为它们的孩子准备床铺，很快就为它们找来吃的东西。等幼鼠开始走出洞穴，母亲守在它们左右、保护它们，为救它们甚至会和猫搏斗。一只大老鼠比一只幼猫还凶，差不多同样厉害；它的门牙又长又结实。猫咬不动；由于猫只能用爪子，所以它不仅需要有强壮的体格，而且也需要锻炼捕鼠技能。白鼬虽个头略小一些，却是更危险的敌人，老鼠十分惧怕它，因为白鼬可追进鼠洞。战斗有时会持续很久；它们在力量上不相上下，但在武器使用上却不同：老鼠只有反复多次才能伤害对手，而且只能用门牙。这些门牙又主要用来慢慢嗑东西而非咬东西。要知道，它们长在颌这个杠杆的末端。白鼬则用整个颌部拼命地咬，非但不松口，还吮吸被其咬破处的血，这样老鼠总是因为抵抗不住而丧命。

第三辑　异兽

狮

　　气候对人类的影响差别比较轻微，因为人类是单一的，与所有别的动物迥然不同；欧洲的白人、非洲的黑人、亚洲的黄种人、美洲的红棕种人只是不同的人种，气候只赋予他们不同的肤色。人生来就是大地的主人，整个地球是他的领地，他的天性似乎适合各种环境；在炎热的南方，在严寒的北方，人们生存、繁衍，古往今来到处留下足迹，似乎不特别喜爱任何特殊气候。相反，对动物来说，气候的影响更大，动物表现出显著不同的特征，因为它们种类繁多，它们的天性远不如人类完善、宽广。与人类相比，动物种类变化更多、更明显，而与各种动物的差别似乎取决于不同的气候；一些只能在热带地区繁衍，另一些只能在寒冷气候下维持生活；狮子从不住在北方地区，驯鹿从不居于南方地区，可能没有一种动物其种类像人类一样，分布遍及地球各处；每一种动物都有它的国家，它的天然王国，每一种动物出于生理需要待在那里生活，每一种动物都是它居住的大地的孩子，在这种意义上，可以说，某

— 55 —

种动物是某种气候的产物。

热带的陆地动物比寒带或温带的动物高大、强壮，也更加勇猛，更加凶残；它们的全部品质似乎全都来自炎热的气候。非洲或印度烈日下出生的狮子是所有狮子中最凶猛、最高傲、最厉害的，狼和其他食肉动物远不是它的对手，差不多只配做它的食物。阿特拉斯峰峰顶时常铺满大雪。那里的狮子没有贝尔杜格里德或撒哈拉的狮子的骁勇、凶猛、残忍——那里的平原布满灼热的沙子。特别在这灼热的荒漠中可以发现这些可怕的狮子，它们是游客的眼中钉、肉中刺，是邻邦的祸害；所幸，这里狮子种类不太多，甚至好像正日趋减少；因为，根据那些走遍非洲这一地区的人的证明，目前没有发现与从前差不多同样数量的狮子。

既然这一强大、勇猛的动物猎食所有的动物，它自身却不是任何动物的猎物，所以只能把这种狮子数量的减少归因于人的数量的增加；因为必须承认，这种兽中之王的力量敌不过某一个霍屯督人或黑人的机智计谋——他们常常敢于以比较轻便的武器正面袭击狮子。

人的数量和机巧比狮子胜过一筹，摧毁狮子的力量，也涣散狮子的勇气：这种品质虽然生而有之，却随着狮子在动物中运用其力量的成败而亢奋或缓和。在撒哈拉的广袤沙漠中，黑人和摩尔人似乎区分成两种截然不同的人种，在塞内加尔和毛里塔尼亚边境之间，在霍屯督地区北面荒无人烟的土地上，一般说来，在人们不愿居住的非洲和亚洲的全部南部地区，狮子依然为数众多，并且就像大自然所造就的那样。它们习惯于对它们遇到的所有动物试试自己的力量，获胜的习惯使它们顽强和骇人，它们不了解人的力量，没有丝毫畏惧；没有证明自己武器的力量，它们似乎与人类抗争。受伤使它们发怒，却不使它们感到惊骇；它们甚至面对众多的外部现象并不惊慌失措。在这些沙漠之狮中，一只狮子往往敢袭击整个商队；而经过一场顽强和猛烈的搏斗，它即便感到疲惫、虚弱，也不会逃跑而是坚持，一边后退，一边搏斗，一直迎面抗击，从不转身逃跑。相反，住在印度和荒蛮的城郊和小镇的狮子，领教过人们的臂力后，丧失了勇气，甚至顺从人们的威胁性的吆喝，不敢袭击他们，只扑向小畜生，最终逃跑，听任女人或儿童追赶。他们用棍棒使它们放弃捕获物，不光彩地丢下它们的战利品。

狮子天性的这种变化，这种驯服，相当清楚地表明，它能够接受人们留给它的印象，它可能比较驯服，能够驯

化到一定程度，并能够接受一类训练；因此，历史故事向我们讲过套上胜利之车的狮子、导致战争的狮子，或导致追捕的狮子——它们忠于自己的主人，只是对它们的敌人表现出它们的力量和勇气。毋庸置疑，狮子在年幼时被捕获，在家畜之中长大，容易天真地与它们一起生活，甚至戏耍：它对其主人温顺，甚至爱被抚摸，尤其在幼年时更是如此；即使它有时候恢复凶猛的天性，它也很少与为它做过好事的动物翻脸。它的动作太蛮横，它的胃口很大，我们不应该推测驯养的印象总能与它相抵销；因此，让它时间太久地忍饥挨饿，或者无缘无故地使它不安，使它气恼，将会导致某种危险；它不仅为粗暴的对待而发怒，而且耿耿于怀，似乎要报仇雪恨，如同它对善行也保持记忆并表示感激。我可以引用大量特殊的事实，我承认，我在其中发现有某些夸张成分，但它相当可靠，集中起来至少能证明它的愤怒是高尚的，它的勇气是崇高的，它的天性是重感情的。我们经常看到它轻视卑微的敌人，蔑视它们的伤害，宽谅它们的肆无忌惮；我们看见它沦为俘虏，厌烦却不变得乖戾，反而采取温和的习惯，顺从主人，舔那给它供应食物之手，有时拯救那些被人们置于死地并被作为猎物扔给它的动物，而且，它仿佛因自己这种慷慨之举而与之产生了感情，随后继续这样保护它们，与它们平静地生活在一起，与它们分享食物，甚至有时让它们夺去全部食物，宁愿忍饥挨饿，也不愿失去它最初善行的成果。

狮子的外貌与它内心的伟大品质并不相悖；它有威严的面貌、坚毅的目光、豪迈的举止、凶猛的吼声；它的个头不像大象或犀牛那样大得过分。它既不像河马或牛那样笨重，也不像鬣狗或熊那样矮壮，不像骆驼那样因为驼峰高低不平而显得身体又长又畸形；恰恰相反，狮子那么匀称，比例那么协调，它的身体仿佛是力量与灵巧相结合的典范；既有力又坚实，也没有过多的肉和脂肪，不含任何多余的赘肉，它强健有力，肌肉发达。这种巨大的雄劲力量有突出的表现：轻而易举的神奇跳跃；尾巴的猛烈摆动，非常有力，足以推倒一个人；也很容易让表皮活动，尤其是它前额皮的活动便利，这大大补充了它的外表，恰切地说，补充了它愤怒的表情；最后，由于有摇动狮鬣的能力，狮子愤怒时，狮鬣不仅竖起、颤动，而且向各个方向移动并摇摆。

　　狮子饥饿时会正面袭击所遇见的各种动物，但由于它非常可怕，动物又都尽量避免与之相遇，它常常必须掩藏起来，冷不防攻击它们；它潜伏在一个矮树丛的地方，从那里有力地扑上去，它经常一跃而起抓住猎物。在沙漠和森林中，它吃的最多的是羚羊与猴，当然只是当它们在地上时才捕捉它们，因为它不像老虎或美洲狮那样爬上树。它一次性吃许多，填满肚子过两三天；它牙齿那样坚固，能轻易嚼碎骨头，连骨带肉一起吞吃。有人认为它能长期忍受饥饿；由于它体温很高，它不那么能够忍受干渴，每次找到水就大饮特饮，它像狗一样吮吸、喝水；可是狗的舌头上面平直，狮子的舌头下面是弯的，因此它喝水需要很长时间，而且漏水。它每天大约需要 15 斤生肉；它喜欢活动物的肉，尤其刚咬死的动物的肉；它不情愿扑向腐臭的尸体，它更喜欢追赶新猎物，而不喜欢返回去吃动物的残存尸体；可是，尽管它通常以新鲜肉类为食，它的气味还是十分强烈，尿也有一种难闻的气味。

狮子的吼声很大，它叫喊时，夜里在沙漠中听到回声，如雷声一般震响；因为它愤怒时会突然发出另一种叫声短促声音；这吼声不是一阵悠长的声音，而是一类声音低沉的轰鸣，夹杂着一种更尖细的颤音。它一天吼五六次。愤怒时，它的叫喊比咆哮更加令人毛骨悚然。这时它尾巴两边直摆，扑打在地上；翕动鼻翼，使面部皮肤活动，抖动粗大的眉毛，露出令人惊恐的牙齿；伸出一个舌尖坚硬的舌头；不须牙齿和爪子支持，足以擦伤皮肤、划破肉；爪子是仅次于牙齿的最冷酷的武器。它的头、颌、前腿更强，胜过身体后面的部分。夜晚，它像猫一样看得见东西；它长时间不睡眠，并且容易醒；可是有人说它睡着时两眼睁着，这是不合乎事实的。

狮子的日常步态高傲、严肃、缓慢，虽然它一直斜着行走，但是它不是以平稳均匀的方式，而是以跳跃方式奔走。它的活动是那样突然，不能立刻停下来，因此几乎总是错过目标。当它跃过猎物时，它一跃十来步，落下后用前爪抓住它，用爪子撕碎，然后用牙齿啮咬。只要它还未年老，而且行动敏捷，它就靠猎物谋生，很少离开沙漠和森林，因为那里有足够的野生动物供它过得舒适；但是，当它老态龙钟，不适合捕捉猎物，它就接近人类经常出没的地区，逐渐对人和家畜产生危险。只不过人们注意到，看见人和别的动物一起时，它总是扑向别的动物，从不扑向人，除非人袭击它；因为这时它奇妙地认出刚伤害它的家伙，它只能丢掉猎物来报复。有人说，狮子喜欢骆驼肉超过喜欢别的动物肉；它也很喜欢幼象的肉；幼象的牙还没有长出来时，抵抗不了狮子，它们很快会筋疲力尽，除非母亲来救它们。大象、犀牛、老虎、河马是仅有几种能与狮子匹敌的动物。

无论这种动物怎样可怕，人们总是骑着高大的马和驱使狗来追赶它；人们使它离开住处，使它后退；但是，狗，甚至还有马，必须事先经过训练，因为几乎所有的动物闻到狮子独特的气味就战栗并逃跑。它的皮肤，尽管有坚实紧密的组织，却抵挡不住子弹，甚至抵挡不住投枪；然而，我们几乎不能一枪击毙它；我们常常机智地捉住它，像我们捉狼一样，使它落入一个上面铺着轻材料、放着另一个活动物的深坑。一旦狮子被捉，就变得温和了；只要抓住它吃惊或羞愧的最初时刻，就可以缚住它，给它套上嘴套，想把它带到哪儿就带到哪儿。

狮肉口味不佳，太冲；然而，黑人和印度人不觉其难吃，经常食狮子肉；狮皮从前用来做英雄的制服，做他们的大衣和床毯；狮皮也保留着油脂，有很呛人的特性，甚至可以用在我们医药的某些方面。

虎

在食肉动物中，狮子为首，老虎为次。为首的，甚至在一类坏动物中，最大的也常常是最好的；为次的通常是所有动物中最坏的。狮子自豪、勇敢、有力量，还很崇高、仁厚、宽容；而老虎卑鄙残暴、不公正，即过于冷酷。因此，老虎比狮子更可怕。狮子经常忘记它是兽王，即所有动物中最强有力的；它以平稳的步伐前进，从不袭击人，除非它被激怒；只是饥饿迫使它觅食时，它才加快步伐，才奔跑，才追赶。老虎与狮子不同，虽然吃饱了肉，但是仍然显得始终嗜血：只有在需要时间来设下圈套时，它的愤怒才有间歇；凭借它刚刚爆发、没有平息的愤怒，它会抓住并撕咬新猎物，同时吞食头一个猎物；它破坏它居住的地带；它不怕人的面目和武力；它咬死、毁坏家畜群，置所有野兽于死地，偷袭小象、幼犀牛，有时甚至与狮子搏斗。

体形通常与天性相适应。狮子有高贵的仪表：它的腿高与身长成正比例；厚而大的狮鬣布满肩部，遮蔽面部；

它目光专注，举止庄严，一切都仿佛宣告着它的高傲、威严、勇猛无畏。老虎身体很长，腿很低，脑袋很宽，目光惊慌，血红的舌头总是露出嘴外，有的只是卑鄙邪恶和贪得无厌的残暴特征；它的全部本能只是一种持续不断的狂怒，一种盲目的愤怒，什么也不认识，什么也不明白。这使它往往啖食幼仔，甚至在幼虎的母亲想保护它们时把它撕碎。这种嗜血本能达到了极点！只有在虎仔刚一出生时毁掉它们，才能平息老虎的嗜血的饥渴。

所幸，在大自然仅存的动物中，这类动物似乎为数不多，它似乎适应东印度最炎热的气候。它处于马拉巴尔、暹罗、孟加拉国，与大象和犀牛居住在同一些地区。它经常出入江河和湖泊岸边：这是因为热血不断侵蚀它，它常常需要饮水来平息使它精疲力竭的强烈愿望；况且它可以在水边等待来这里的动物——气候炎热迫使它们每天来几次；它正是在那里选择自己的猎物，更恰切地说，它能在那里捕杀更多的猎物，因为，它往往放弃它刚刚置于死地的动物，去杀害别的动物；它好像在尽力品尝它们的血，慢慢地沉醉于快乐的享受之中；它撕咬开它们，扯开其尸体，把头伸长，大口大口地喝它刚打开源头的血。在它的干渴得到解除之前，血几乎一直流淌着。然而，它将某些大动物，如一匹马、一头牛弄死的时候，并不当场打开其腹腔，似乎在那里会让它感到不安；为了轻易地把它们撕成碎块，老虎把它们非常轻捷麻利地拖曳着，带到树林里，这样一来，它奔跑的速度差不多就因为拖着庞然大物而放慢了。

人们能够打动本性的所有动物中，老虎的可怕是绝无仅有的；武力、威逼、骁勇都不能将它制服。无论善意的还是凶狠的对待都会激怒它。温和的举止什么都能感化，唯独对这种铁石心肠无能为力；气候能缓解凶猛的兽性，却不能软化老虎的心，只能稍稍减轻老虎狂怒的愤恨；它撕咬给它喂食的手，以为人要袭击它；它一看到任何活的动物就长啸一声；每样动物都好像是一种新猎物，它先是以贪婪的目光盯着，然后咬牙切齿地威胁，常常对猎物猛冲过去。铁链子和铁栅栏阻止了它的行动，却不能使它的愤怒平息下来。

象

一、野生状态的象

在野生状态下，象既不噬血也不凶残：它天性温和，从不滥用它的武器或力量；它只是在自卫或保护它的同类时才使用其武器，施展其力量。它有群居的习性；我们很少看见它流浪或者孤行。它通常结伴而行，最年长的带领整个象群，次年长的在队伍后面，年少的和体弱的在其他象之间，母象带着小象，用长鼻子拥着它们。它们只是在前途未卜的路上，到耕地上来吃草时才保持这一顺序；而在草地或森林中散步或旅行时就不这么小心翼翼了。不过也不完全分开，彼此相隔也不太远，这样可以得到救助和警报。然而也有一些象分开或在其他象后面缓步而行，猎人敢于袭击的就只有这些象了；因为人们需要一支小部队来袭击整个队伍，这样才能战胜它们，而不丧失大量人力。就连给它们很轻微的伤害，也是很危险的，它们会向袭击者直扑过去；虽然它们身体庞大、沉重，但它们步伐之大，足以轻易地袭击跑得最轻快的人：它们用它们的巨牙刺他，或用鼻子把他卷起来，像扔石头一样将他扔出去，用脚踩踏，最后将他弄死。不过，只是当它们被激怒时才会这样攻击人，它们并不伤害那些不惹它们的人；然而，由于它们对受伤害的事实敏感易怒，最好避免与它们相遇。经常在它们的活动地带出入的旅行者往往燃起篝火，敲打木箱，阻止它们靠近。有人说它们一旦被人袭击或掉进某个陷阱，就会耿耿于怀，随时设法报仇。由于它们鼻子很大，嗅觉极为灵敏（可能比其他动物更完善），从老远就闻到人的气味：它们就在小道上轻而易举地追踪着人迹。古人写道，大象扯起猎人所经过的地方的草，用鼻子卷起，一个传一个，以便让所有的象都知道敌人的行踪。这些动物喜欢河岸、深谷、绿荫和潮湿之地；它们离不开水，在喝水时把水搅浑，将鼻子伸进水中，或者为了把水送到嘴里，或者仅仅为了使鼻子凉快，或喷水取乐，一股股向周围喷射。它们无法忍受寒冷，也经受不住过度的热，因此它们为了避开太强的光线，尽量深入最幽暗的树林深处；它们也经常处在水中：它们身体的巨大体积对它们妨碍不大，却有助于它们游泳；它们没有其他兽类入水深；此外，它们高高竖起、用来呼吸的鼻子之长，使它们丢掉了被水淹的恐惧。

它们通常的食物是树根、草叶、嫩枝，它们也吃果实和种子，但对肉和鱼并不在乎。象群中某一只象在某处发现丰饶的土地，就喊来别的象，邀请它们来一起分享。由于它们需要大量的草料，它们经常换地方，每当它们来到播了种的田里，它们就在那里造成极大的破坏：它们的身体庞大沉重，用脚践踏植物，毁掉的是它们消耗的十倍以上，而它们每天可以吃掉一百五十斤草；它们从来都是成群结队而来，一个钟头就毁掉一个村子。印第安人和黑人想方设法发出响声，燃起篝火，想驱赶它们。尽管人们采取了这些防范措施，象还是常常来占领土地，赶走家禽，把人吓跑，而且有时全部掀翻他们简陋的房舍。象很难被吓走，它们不知道害怕，唯一攻其不备、令其止步的办法就是向它们扔烟花爆竹，这突如其来又花样翻新的效果，把它们震住了，有时候会让它们折回。我们很少能够使它们彼此分开；因为它们通常一起决定是进攻，还是旁若无人地经过或者逃跑。

二、驯化的象

象一旦经过驯养，就会变成动物中最温和、最柔顺的一族，它依赖于照料它、爱抚它、给它提供食粮的人，好像能猜测到能够使他愉快的一切：它能即刻理解人的手势，甚至听出声音表示的意义，它能分辨出命令、愤怒或满意的声调，它行动有条理，对主人的话决不会误解；它注意听他的吩咐，谨慎、殷勤地加以执行；它不慌不忙，因为它的举止总是有节制的，它的性格似乎使它能支撑身体的重力。我们很容易教它屈膝，让那些想爬上去的人更为方便。它用鼻子爱抚它的朋友，用鼻子来向叫别人注意它的人致敬，用鼻子来抬起重物并自己帮忙抬东西。它让人给它穿衣，好像乐于看自己身上的金鞍辔；我们用套索将它套住，拴在货车、犁、船、绞盘上，只要我们表明自己理解了它使用其力量的好意，它就继续地这样拖着，毫不气馁，只要我们不过分地击打它。赶象人通常爬上它的脖子，使用一个边缘带有钩子的铁器，或配备一个锥子。我们用来刺它，刺在耳旁，警告它拐弯或加速；但是这常常几句话就够了，尤其当它一旦完全认识了它的驾驭人，对他给予充分的信任，它的依恋有时候就变得十分强烈、持久；它的感情那么深，以致常常拒绝为另一个人效力，我们有时候看见它会因为在一阵愤怒中杀死它的照管人而抱憾而死。

三、战象

古代印第安人用象来打仗：在这些军纪不严的民族，大象是最好的军队，只要人们用铁器来打仗，象通常决定着我们的命运。然而我们从历史上可以发现，古希腊人和古罗马人很快习惯了这些战争怪物；他们散开队列，以便让象通过；他们不是设法伤害它们，而是将所有的箭都射向赶象人，一旦某头象与其他的象分开，赶象人就连忙投降并安抚大象；现在，火成了战争手段和致死的主要武器，大象既怕声音又怕火，在我们的战斗中与其说有益，不如说更加难堪、更加危险。印度的列代国王还武装战象，但这与其说是为了效果，不如说是为了排场；然而他们却从中吸取教益，胜过从所有士兵中获取教益，征服他们的同类。他们还用另外许多象来制服野象，印度最强大的君主今天还有不足两百头战象；他们另有许多象用于役使，运载带格子的笼子；他们还让嫔妃旅行：这是一种很安稳的坐骑，因为象永不失蹄；但坐骑时并不舒服，需要一定时间来适应它剧烈的步态和持续的摇摆；最好的位置是脖颈，那儿的晃动不像肩、腰和后部那么难受。但是，一旦远行狩猎或迎战，每头象总被好几个人骑；赶象人则骑在它的脖颈上，猎人或士兵或站或坐在象的其他部位。

犀　牛

　　犀牛仅次于大象，是四足兽中最强有力的。它从吻部到尾巴末梢至少有 12 尺长，6 尺到 7 尺高，身宽差不多与身长相等，因此它在体积和重量上与象接近。如果说它看上去小得多，那是因为它的腿与大象相比更短，但是，它的自然本领和智力与象相比大不相同。它从大自然中获得的只是大自然赋予四足兽共有的特性。皮肤没有任何感觉，没有手和专门的触觉器官，没有长鼻；而只有一片灵活的嘴唇，犀牛所有敏捷的手段都在这片嘴唇上。它比其他动物优越的只有力量、身高和鼻子上顶着的独有的进攻武器，这就是一只整体上又硬又结实的角，所在的位置比反刍动物的角有利：反刍动物的角仅仅武装着头和脖子的上部，而犀牛的角则保护整个嘴的前部，保护鼻子、嘴和脸不受攻击。因此，虎更愿意攻击象，它可以捉住象鼻，而不攻击犀牛，要袭击犀牛颈部就得冒着被开膛的危险：因为这家伙的身体和四肢包着一层穿不透的皮。它既不怕虎爪、狮子爪，也不怕猎人的铁器和火：它的皮黑黢黢的，与象的皮一样，却更厚、更硬。它不像大象对虫子的叮咬那样敏感，皮也不皱缩，只有颈部、肩部和臀部有粗糙的褶皱，有利于头和腿的活动。腿部粗大，末梢宽大的脚上有两只大爪，头按比例算比象更长，而眼睛却更小，始终半睁半闭。上颌比下颌突出，上唇能动，可以一直拉到六七寸长；唇中央是一个尖尖的附属器官，这让这种动物比其他的四足动物更容易采集草料，攒成一把，差不多与象用鼻子做的一样：这片由肌肉纤维组成的器官类似于手或象鼻子，虽很不完整，但依然能够有力地抓，灵巧地摸。乳白的长牙构成象的防御装备，犀牛则有强大的角和上下颌各有的两颗有力的门牙；除了这两颗门牙，在颌骨的角前部，它还有24颗臼齿，上下颌两边各6颗。它的耳朵总是直竖着，形状和猪耳较为相似，只是相对于身体而言要小些，那是上面唯一有毛——确切地说，有鬃的部位。尾端和象的尾端一样，有一束非常结实的、坚硬的粗鬃。

犀牛以粗劣的草、有刺茎的灌木为食，它喜欢这些粗粮胜过肥美的草原上甜美的草。它很爱吃甘蔗，也吃各类种子，对肉没有任何兴趣，所以小动物们不担心它。它不怕母兽，可以和所有动物，甚至与虎和平共处，虎经常与它做伴，却不敢攻击它。犀牛不聚集成群，也不像大象那样结队而行；它们更为孤僻，更具野性，也许更难以被捕猎、被征服。只要没有受到挑战，它们是不会攻击人的；可是一旦受到挑衅，它们就会暴跳如雷，异常骇人。大马士革利刃、日本军刀，都剁不开它的皮，标枪、长矛也扎不进去，它们的皮甚至能抵御火枪子弹，铅弹落到它的皮上便撞扁了；铁质的柱形弹不能完全穿透它。这个穿着铠甲的身躯上完全能穿透的地方只有腹部、眼睛和耳朵周围，因此猎人不迎面站着进攻这种动物，而是远远地跟踪着，等它休息睡着的时候靠近它。

骆　驼

　　阿拉伯人视骆驼为上天赐予的礼物，一种神圣的动物；假如没有骆驼的帮助，他们既不能维持生计，也不能做生意，也不能旅行。骆驼奶是他们普通的食物；他们也吃骆驼肉，尤其小骆驼的肉，觉得味道好极了。这些动物的毛细而软，每年通过一次彻底换毛而焕然一新，可用来做成穿戴或装饰家庭的织物。人们有了骆驼，他们不仅什么也不缺，而且甚至什么也不怕；在他们与他们的敌人之间的沙漠中，他们可以一天之内跑百十公里：世界上所有武装力量在一群阿拉伯人后面都会丧生；因此，只有心甘情愿时他们才会表现出驯服。可是，人们是否懂得利用而不过分呢？还是这些阿拉伯人，自由、独立、平安，甚至很富裕，他们不是把这些沙漠看作自由的屏障，而是以罪过玷污沙漠；他们穿过沙漠到相邻国家去抢夺奴隶和钱财；借用骆驼来实施抢劫。不幸的是，他们与其说享受了自由，不如说享受了抢劫的快乐，因为他们的行动几乎总是幸运的。他们不顾邻国居民的蔑视和力量的强大，他们逃脱了邻国居民的追赶，未遭惩罚就带走他们从邻国居民那里所抢劫的一切。

　　一个阿拉伯人决定从事这一陆上强盗职业，他很早就要忍受着旅途的疲劳；他尽力免除睡眠，忍受饥饿、干渴和炎热，同时他驯养他的骆驼，接着培养它们同样的能耐：在骆驼出生后几天，把腿收在腹下，人们会迫使它们伏在地上，让它们在这种情况下负载比较重的东西，让它们适应经常运载货物，然后把货物卸下来，给它们换上更重的货物；他不是让它们在任何时候都吃草或在干渴时喝水，而是开始调整它们吃东西的时间，渐渐地将它们拉得远一些，同时减少食物量。待它们稍微强壮一些，就训练它们走路。他用马的榜样来刺激它们，终于使它们同样轻快、更加结实；最后一旦确信骆驼力量大、速度快和消耗少，就让它们担负必要的重任，维持他的生存和它们的生存。他与它们一齐动身，出人意料地来到沙漠边缘，先抓获从那里经过的过路人，抢劫边远的居民，让骆驼运载它的战利品；假若他被追赶，假若他必须加速逃跑，他就发挥他和骆驼的全部才能，登上最轻快的一峰骆驼，带领队伍日夜兼程，几乎一刻不停，不吃不喝。骆驼很容易在一星期跑600公里；在整个这段时间的疲劳和运动中，他让他的骆驼运载东西，每天只让它们休息一个钟头，只给它们一个面团；它们常常就这样一跑跑九到十天，不喝一滴水；而当离它们的旅行路线不远处偶尔有一个沼泽时，它们也会觉得水就在两公里之外；饥渴促使它们加快步伐，它们只喝一次水就可以应付整个旅行，应付未来同样长的时间；因为它们的旅行经常持续好几个星期，它们节制饮食的时间与行进的时间持续得一样长。

斑　马

　　在四足动物中，斑马可能是身形最好、外表最优雅的。它具有马的外形和优雅、鹿的轻盈。斑马长有黑白相间的条纹，毛色那么规则、匀称地交替排列，好像大自然使用直尺和圆规来描画过似的：这些黑白相间的条纹非常奇特，尤其是因为它们是狭窄、平行的，有如在一块画了线纹的布上非常精确地分隔开来；况且，它们不仅排列在斑马身子上，而且排列在斑马头上、大腿上、小腿上，甚至耳朵上、尾巴上；因此这种动物从远处看起来就像全身被细长的带子环绕着，仿佛是我们出于乐趣运用技巧排列在它身体的各个部位的；这些条纹沿着身体轮廓那么便利地表现出体形，甚至勾画出肌肉，在多肉、圆润的部位逐渐增大。在雌斑马身上，这些条纹是黑白相间的；而在雄斑马身上，它们是黑黄相间的，而一身细而密的短毛却始终保持几分鲜艳、闪光的色泽，其光泽更增添了色彩的艳丽。斑马通常比马小一些，比驴更大些；虽然我们常常将它与这两种动物相比，虽然我们甚至称它为野马和条纹驴，但它并不

是马或驴的翻版。假如大自然中的一切都不是原来的种类，假如每一种类的创造都不相同，我们倒不如说斑马是马和驴的原来样式。

因此，斑马既不是马，也不是驴，斑马就是斑马；这是因为，虽然我们一直努力让斑马与马或驴接近，但是我们还没有能让斑马与马或驴杂交，并繁殖出后代。

猴

　　猴，不管与人怎样相似，总有那么一点强烈的兽性，自从出生那一刻起，这种特点就显露出来。因为，它与幼儿相比更有力、更成熟；它长得更快；对它来说，母亲的帮助只有最初几个月才是必不可少的；它只接受一种纯粹个体的驯养，因而与其他动物的驯养同样徒劳无益。

　　因此，它终究是动物，尽管与人相似，但并不是仅次于我们人类的二等人种；在动物界也不是一等的，因为它并不是最聪明的。人们对猴子的能力所形成的强烈印象，其偏见正是建立在这种形体相似的联系上。有人说，它的外表和内里都与我们相像，因此它不仅模仿我们，而且将它自己变成我们所造就的那样。而猴子的四肢，更是与人相似。可只要全神贯注地观察它，就容易发现，它的全部活动是突然的、间歇的、急促的，要想将它与人的活动相比，就得设想它是另一等的动物，或确切地说，是一个不同的物种。猴子的各种行为与它的驯养有关，这种驯养纯粹是动物的：它显得可笑、无逻辑、荒谬，因为我们在将

— 79 —

它与我们放在一起时混淆了高低等级，因为作为其标准的统一尺度与我们截然不同。它生性活泼，天性热烈，秉性急躁，它的亲切表示没有哪一种因驯养而减轻，它的全部习惯是容易走极端的，与其说是一个人或者一个动物的行为，不如说像一个怪人的行为。正是出于同样的理由，我们发现它是不驯服的，很难接受我们愿意让它养成的习惯：它对亲切的抚摸不敏感，只是容易惩罚；我们可以将它囚禁，但不能使它驯服。它要么一直心情忧伤，要么脾气乖戾，一直令人厌恶地做着怪相。我们只是训练它，而不能使它丧失本性。

第四辑　珍禽

鹰

鹰在体质与精神方面与狮子有好些相似之处。首先是力气，因而它对别的鸟类一如狮子对别的兽类有威慑力量。其次是肚量：它与狮子一样不屑于跟小动物计较，对它们的进犯不屑一顾；只有在鸦、鹊之类喳喳叫得太久、搅得它实在不耐烦的时候，鹰才下决心惩罚它们，把它们弄死；而且，鹰只关注它要惩罚的东西而不管别的，只要自己的战利品而不贪求别的。再次是节制食欲：它常常不把它的猎获物全部吃光，它与狮子一样，总是丢下一些剩余食物给别的动物；无论怎么饥饿，它也不扑向动物的尸体。另外，它是孤独的，这仍然与狮子一样。它住着一片荒漠地区，守护着入口处，不让别的飞禽进去捕获猎物，在树林的同一地方很少能发现两窝狮子，在山上的同一地方发现两对鹰的机会或许更少。它们离得很远，为的是让各自的活动空间能为它们提供足够的生活资料；它们只是按捕获猎物的数量来算它们的小天地的价值和面积。鹰的眼睛闪闪发光，眼珠的颜色与狮子差不多相同，爪子的外形也一样，呼吸也同样深重，叫声也同样具有力量。二者都是生来为了战斗和猎获的；当然也同样凶猛、同样威严，不易制服，除非在它们年幼时就把它们捉住。对于这种鹰，必须有十足的耐性、大量的技巧，才能训练它去捕获食物；它一旦长大，有了气力，这对主人就是有危险的了。这一点只要看一看不少作家的记载，就可以知道。古时候，东方人通常利用鹰在空中打猎；可现在，我们的射猎场里不养鹰了；鹰太重，架在肩膀上使人感到吃力，而且永远不那么驯服、温和、可靠，要是它高兴或者发起脾气来，主人大概就要吃亏了。鹰的嘴和爪子都如铁钩一般，强劲可怕；它的形象与它的天性相符。除了它的武装——嘴、爪以外，它还有健壮厚实的躯体，强劲有力的腿和翅膀，结实的骨骼，紧密的肌肉，坚硬的羽毛。鹰姿态英武，动作迅捷，飞起来速度极快。在所有鸟类中，鹰飞得最高；所以，古人称它为"天禽"，在占卜中，他们把鹰当作朱庇特神的使者。鹰目光犀利，不过跟秃鹫相比，嗅觉略逊一筹；所以，它只凭眼力猎获食物，一旦抓住猎物，它就往下落，似乎要试一下重量，它把猎物先放到地上，然后再带走。尽管鹰的翅膀刚劲有力，但是，它的腿不够灵活，从地上起飞有些吃力，背着重负时尤其如此。它容易带走鹅、鹤等小动物；它也截获野兔，甚至小绵羊、小山羊；如果它袭击小鹿和牛犊，那是想当场饮其血、啖其肉，随后再把碎肉带回它的"地巢"。"地巢"是鹰的窝巢的特殊叫法，确实是建在平地，而不像别的鸟巢那样凹陷在里面：鹰通常把"地巢"建在两座岩石之间干燥和无法攀缘的地方。有人断言，鹰只要做一个窝，就够终生受用；那确实是一座一劳永逸的大工程，结实而经久耐用。这个鹰巢几乎与楼板一样，用五六尺长的小木棍架起，小木棍两端坚实，中间横插些柔软的树枝，上面再铺几层灯芯草、欧石楠枝一类。这样的楼板，或者说，这样的窝巢，有好几尺宽，而且很牢固，不但可以庇护鹰及其妻儿，还可以承载许多生活物资。鹰巢上面未盖什么东西，仅仅靠凸出的岩顶掩护。雌鹰下蛋都下在这"地巢"中间，只下两三个蛋，据说，每孵一次要一个月。可这几个蛋中有的不能孵出小鹰，所以，我们很少发现一个窝巢里有三只小鹰，通

常只有一两只。人们甚至说，小鹰稍微长大一些，鹰母就把最弱的一只或者最贪心的一只杀死。只有生活艰辛才会导致这种违反自然的事情发生：父母自己食物都不够吃了，当然要设法减少家里的人口；一旦雏鹰长得强壮了，能飞行，可以自己觅食了，父母就把它们赶得远远的，永远不让它们回来。

秃 鹫

　　列在食肉类猛禽中第一位的是鹰，不仅因为它比秃鹫强大，而且因为它更为高贵，不像秃鹫那么卑贱残暴。它的性格更豪迈，行动更勇猛，脾性更高傲，既要捕食猎物，又要表现自己喜欢争斗的一面。相反，秃鹫就只有贪婪的本性，一旦死物能满足其食欲，它几乎就不去与活物争斗。鹰善于独自肉搏；它只身追逐、攻击并抓住敌人或猎物；而秃鹫稍遇些抵抗便纠合同类，共同充当卑鄙的杀手。它们不是战斗而是掠夺，是屠夫而非猎手；在食肉猛禽中，只有它们成群结伙，以众敌寡；只有它们抢夺死尸，甚至将死尸撕成碎片，连骨头也不放过。它们对腐尸臭肉趋之若鹜，毫不嫌弃。雀鹰、隼乃至最小的猛禽都比秃鹫表现得更为勇敢。它们独自捕猎，几乎全都讨厌死物，尤其是拒绝腐肉。在可以与猛兽相比的猛禽中，秃鹫集合了老虎的力量和残暴、豹的贪婪与卑鄙，它们结伴挖掘死尸，吞食腐肉；与此相比，鹰如我们所说的那样，还有狮子的力量、高贵、慷慨与豪爽。

区别秃鹫与鹰，首先要分清它们的不同性格，再观察它们的外表。秃鹫很容易识别，它的眼睛凸出眼眶，而鹰的双眼则深陷在内。顾名思义，秃鹫就是秃，它的头和颈部光秃，只有少量绒毛或星星点点的羽毛；鹰的这些部位长满了羽毛。通过爪子的形状也可以辨别二者，鹰爪几乎呈半圆形，因为它们几乎不在平地上站立；而秃鹫爪子短而且扁平。秃鹫翅膀布满绒羽，而其他食肉猛禽则没有。秃鹫喉下长有细毛，而其他猛禽是羽毛。通过站立的姿态也容易识别秃鹫：鹰总是高傲地直立着，身体与足爪呈垂直角度；秃鹫站立时为半水平状，低头哈腰的姿态好像与其卑下的性格相符。我们甚至从很远的地方就可以认出秃鹫，因为它们几乎是唯一成群结队飞行的食肉猛禽，而且在飞行时显得笨拙沉重，连起飞都很艰难，有时要努力试上几次才能勉强飞起来。

鸢与鵟、隼

　　排在秃鹫之后的肉食性猛禽还有鸢与鵟。它们与秃鹫天性和习惯都很相近，丑陋、无耻、卑劣。虽然秃鹫不具备高贵的品格，但由于它们形体大、力量强，仍在鸟类中排在前位。鸢与鵟则没有这些优势：它们比秃鹫小，只能从数量上弥补和超过它们。鸢与鵟在各地都很常见，而比秃鹫更令人讨厌。它们更经常接近或光顾有人居住的地方，很少待在荒漠上，从不在渺无人烟的地方筑巢。它们喜欢土壤肥沃的平原和山丘，而不喜欢贫瘠的山区。这些鸟食性很杂，所有的肉食都让它们觉得美味可口，都适合它们的胃口。土地越是肥沃，植被越是茂盛，昆虫、爬行动物、鸟类及小动物也就越多。鸢与鵟通常把家安在山脚下，安在那些生机勃勃、野生动物和鸟类丰富的土地上。它们并不勇敢，但从不客气，既凶残又愚蠢，狂妄而胆大。它们不善于察觉危险的存在，所以猎人不难靠近它们，它们比鹰和秃鹫更容易猎杀。它们被捕获后仍然难以驯化，因而总是被从驯隼所里驱赶出去，不能跻身于鸟类的贵族之中。

在生活中，人们总是把漫不经心的男人比作鸢，把愚蠢的女人比作鹭。

尽管这类猛禽在本性上相近，体形、喙以及其他许多方面都一样，我们仍能比较容易地把鸢与鹭，以及其他同类食肉猛禽区别开来。鸢有一种非常明显的特征：尾部呈凹形。它的尾羽中间部分很短，远看像是分了一个叉，所以又别称"叉尾鹰"。鸢的两翼比鹭长，飞翔起来自由自在得多。鸢的一生都在空中度过，它几乎从不休息，每天要飞很远。虽然如此，鸢飞翔却不是为了猎捕，也不是要寻找猎物，因为它并不捕猎。飞翔是它的天性，它的拿手戏。鸢飞翔的姿态优美，令人羡慕。在空中翱翔时，那长而窄的双翼伸展不动，尾部像舵一样掌握着全部飞行。它从不显得疲倦。起飞时轻松自如，下降时好像滑落在倾斜的木板上。它的飞行更像在水中航行，既可以急速起飞，也能随时减速，甚至常常停下，悬在空中一动不动达数个小时，丝毫看不到它扇动翅膀。

就胆量相对于力量大小而言，隼也许是最勇敢无畏的猛禽。一旦发现目标，它便会直冲下去，猛扑猎物，不像其他雀鹰那样从侧翼迂回攻击目标。捕获其他猛禽时通常需要撒大网，而对隼则完全不同。它会像铅砣一样，径直冲向幼鸟，根本不顾忌周围的网。如遇幼鸟体形较大，隼会当场杀死它，就地吃掉；要是幼鸟体轻身小，便将其抓走，直上云天。一旦附近有养鸡场，隼便首选其为猎取对象。它会突然出现，好似从天而降，一眨眼之间就从高空扑到地上，抓住猎物，令其措手不及，防不胜防。隼还常常攻击老鹰，或者为了试探其胆量，或者为了抢夺其食物。它与其开战主要是想使其难堪：隼将老鹰视为懦夫，鄙夷地攻击、追逐它；老鹰虽然自卫能力差，但隼从不将它置于死地。也许是因为它浑身臭气，与胆怯相比，这一点让隼更难接受。

伯 劳

　　这种鸟儿尽管体形小，可是十分勇敢。它身体各部位小巧玲珑，宽宽的弯钩嘴却非常强壮。伯劳对肉食有很强烈的欲望，应把它列入食肉猛禽类，它甚至可以算作最残酷、最嗜血成性的猛禽。我们总是很惊奇地看到，一只小小的伯劳居然会有那么大的勇气，毫无畏惧地与喜鹊、小嘴乌鸦、红隼等比它大而且强壮的鸟争斗。它的争斗不仅是自卫，而且常常是主动攻击，尤其是当一对伯劳在保护幼鸟免遭掠夺时，它们总能取得优势。它们并不等敌人靠近，只要敌人胆敢闯入它们的地盘，它们便冲上前去，一边大声鸣叫，一边给对手以致命的打击，怒气冲冲地将来犯者赶走，使其不敢再来。在与强敌相差悬殊的争斗中，很少见到伯劳屈服于强力或被强敌掳走，有时它仅仅因为抓敌人抓得太紧，不能松手，而与敌人同归于尽。所以连最勇敢的猛禽如隼以及乌鸦等都很尊重伯劳，不敢去找麻烦，反而总是离得远远的。在自然界里，这种小鸟成双成对地与雀鹰、隼等空中霸王同处一片天空，丝毫不担惊受怕。尽管伯劳一般以昆虫为食，但还是更喜肉食，在自己的领域内从来不怕受到惩罚。它们经常追逐所有小鸟：可以看到它们猎食小山鹬或者小野兔，连掉到陷阱里的斑鸫、乌鸫以及其他的小鸟都会成为伯劳口中之食。它们用利爪紧紧抓住猎物，用嘴啄碎其脑壳，勒紧并啄烂其颈部；杀死猎物之后，便把毛拔掉，一顿饱餐，然后将剩下的残骸慢慢撕碎，一块一块地带回自己的巢中。

金丝雀

如果说，夜莺是树林中的歌手，那么金丝雀就是室内的音乐家：夜莺保留大自然的一切，金丝雀则加入我们的艺术中。金丝雀歌喉力度不那么大，声音传得不那么远，音色不那么多变；然而它耳朵更灵敏，模仿更方便，记忆力更持久。由于性格的差别（尤其在动物之间）很接近它们感官之间的差别，金丝雀的听力更专注、更易于接受和保持外来印象，自然变得更适合群居、更温和、更亲切。它能够学习，甚至能专心致志；它的亲近是可爱的，它的小小气恼是天真的，而它的愤怒不伤害人。它的天性使它与我们更亲近。它与别的家雀一样靠种子生活。与喂养夜莺相比，我们更容易喂养金丝雀，夜莺只靠肉食、昆虫生活；而人们只要用准备好的菜肴喂金丝雀即可。对它的驯养更容易，也更幸运；我们乐意训练它，因为训练它能获得成功：它放弃自己乐声天然的旋律来适合我们的歌声和我们乐器的和谐；它待人好客，与人为伴，它还给我们的东西远远超出人们能给它的东西。夜莺以它的才能而自豪，似乎想保持它的全部纯洁，至少好像不那么在乎我们的才能：我们会煞费苦心地教它重复我们歌曲中的某几支曲子。金丝雀能说话和鸣叫；夜莺不屑于说话和鸣叫，不断地回到它悠扬的鸣啭中去，它的歌喉总是花样翻新，是大自然的杰作，人类艺术既不能改变一丝一毫，也不能增加一丝一毫。金丝雀的歌喉是一种轻柔的优雅典范，我们可以使它变化。因此，金丝雀在交往娱乐中更胜一筹：金丝雀任何时候都在唱，它能在最阴暗的日子里重振我们的精神，它甚至为我们的幸福作贡献；因为它带来所有青年人的娱乐、隐居的狂喜；它至少解除隐修者的烦恼，在天真无邪、被严格束缚的人身上染上欢快的情绪。我们可以从近处观察，让它栖息，它的小小爱心千百次唤起献身者的感动：秃鹫作恶多端，金丝雀行善无穷。

南美鹤

在大自然中，南美鹤居住在南美热带森林中，从不靠近已经开发的地区，更是绝迹于人群的居住地。它们成群结队在一起，一般不喜欢去沼泽地或水边，而常常到山区或地势较高的地方去生活。它们善行走、奔跑却不善飞，偶尔会飞到离地面不高的地方或矮枝上休息，但飞起来也只有几尺高，而且显得身体笨拙，远不如奔跑起来快捷。它们像凤冠雉等鸡形目飞禽一样，以野果为食。遇到人们突然而至时，它便飞快地逃走，同时发出火鸡一样的尖叫声。

这些鸟儿从不捡拾树枝、草棍做窝搭巢。它们在大树底下挖坑，把蛋产在坑里。蛋的数量比较多，有10枚到16枚，而且像其他鸟类一样，这一数目随着雌鸟年龄的增长而变化。南美鹤的蛋几乎为圆球形，比鸡蛋稍大一些，呈淡绿色。幼鸟身上的绒毛保留时间长久，长约两寸，非常浓密，摸起来很柔软。披着这层绒毛，有时很容易将它们与长有鬃毛的同龄走兽相混淆。南美鹤成鸟的羽毛直到它们长大到四分之一时才长出来。

南美鹤不仅很容易饲养，甚至还非常亲近照顾它们的人，表现出与狗同样的殷勤和忠心：如果在家里饲养一只南美鹤，它会接近主人，向主人表示亲近，并且跟随主人，在身旁跑前跑后，表现出它高兴伴随和迎接主人。但当对方让南美鹤产生恶感时，这种鸟就会用嘴啄它的腿，赶走它，有时甚至一直追到很远的地方，显得怒气冲冲。其实经常并非是它受到了虐待或攻击，只不过是因为它的主观任性，认为对方长相难看或气味难闻。南美鹤对主人的命令百依百顺，一旦习惯了这些亲昵的爱抚，它就变得比较缠人，每次都主动要求再三抚摸。它有时竟不等人呼唤，每当人吃饭时它就过来，把自己当成房间的主人，先是驱赶猫或狗，然后再要吃的。它信心十足又胆大包天，所以从不逃走，一般大小的狗都不得不让位给它。南美鹤与狗之间的搏斗常常要进行较长时间，它知道在搏斗中如何先跳在空中，躲过狗的尖牙利齿，

然后落在对方的身上，想办法用嘴或爪弄瞎对手的眼睛；它获胜后，便起劲地追赶对手，如果不将它们分开，它就会置对手于死地。此外，南美鹤在与人的交往中具有几乎与狗相应的本能，有人甚至说可以驯养它来牧羊。它还显得很嫉妒，如果谁与它分享了主人的爱抚，它就忌恨谁。因为它经常来到桌前，看到仆人光着腿靠近主人，它就毫不留情地去啄他裸露的腿。

莺

　　凄凉的冬天，僵死的季节，是睡眠的时节，更恰当地说是大自然迟钝麻木的时节：无力活动的昆虫、潜伏不动的爬行动物，没有绿色、没有生机的植物，所有面容憔悴或神情忧伤的居民，所有尘封在冰牢里的水中居民，大部分限制于岩洞、山洞和地洞的走兽；一切都向我们呈现出忧伤和荒无人烟的景象。可是，鸟儿在春天的归来是生机勃勃的大自然复苏的第一个信号和温馨的宣告；要不是那些来活跃树林并歌唱爱情的新客人，再生的枝叶和披戴新首饰的树丛好像就不那么清新、动人了。

　　在这些林中客人中，莺数量最多，最可爱：活跃、敏捷、轻盈、跃动不已，它们的各种举动都有感情；所有声音都有欢乐的音调，所有花样都有爱的趣味。在树木伸展它们的枝叶、开始绽放花蕾的时候，这些漂亮的鸟儿就飞来了。它们分散在整个广袤的田野里：其中一些会来我们花园中定居，另一些更喜欢大路和丛林，好几种莺飞入大森林中，有一些藏身在芦苇中。这样，莺布满了大地各处，

— 99 —

以它们欢乐的运动和甜美歌声使大地充满生机。

我们还想把美丽这一优点汇集到这些天生优雅的优点中。不过在赐予这么多可爱的优点的时候，大自然似乎忘了美化它们的羽毛。它是暗淡无光的：只有两三种莺略有斑点，其他各种莺只是多少有点白、灰、暗相间的暗淡色彩。

莺居住在我们的花园、树林和菜地——如蚕豆或豌豆地里；它们全都栖在撑住这类豆藤的支架上；它们在上面戏耍，筑巢，不断地飞出飞回，直到收获的时节，它们动身的季节逼近，人们从这个掩蔽处或者说这个爱巢里将它们赶走。看它们娱乐、发怒、追逐，是一出小戏；它们的攻击是轻微的，这些天真的战斗总是以某些歌儿结束。莺是爱情不专一的象征，一如斑鸠是忠实爱情的象征；可是，莺活跃、快乐，并非不热心，并非不忠实恋旧。雄莺在雌莺孵小莺时给它百般照料；它与雌莺共同照料刚出生的小鸟，即使在家庭饲养之后也不离开它。

莺具有胆怯的特性；它在一些完全与它同样弱小的鸟儿前逃走，在它那可怕的敌人伯劳面前更胆怯、更理性地飞遁。可是危险刚过，一切就忘诸脑后；随后的时刻，我们的莺重又快乐、跃动、歌唱起来。它在最茂密的树枝中让人听它歌唱；它通常藏在里面，只在灌木丛边上露面片刻，然后很快返回树丛深处，白天炎热时尤其是这样。清晨，我们看见它饮露珠，夏天落下的阵雨后，在湿树叶上游走，看见它在树叶上抖落的水珠下沐浴。

黑头莺是所有莺中歌声最动人、最持久的；这有点像夜莺，我们更久地享受听它歌唱的快乐；因为，在那位春天的歌手闭口不唱之后好几个星期，我们还听到这些莺的歌声在树林里到处回响。它们的嗓门流利、纯净、轻灵，其歌声表现出一连串微妙的音调变化，音域虽不广阔，但好听、舒缓，洋溢着情感。这歌声仿佛带有它唱歌的那地方的清新；它描绘出那里的安静，甚至表达出幸福；因为，要是没有温和的情感，敏感的心是听不出大自然给它赐福的人带来的莺声啼啭的。

红喉雀

　　红喉雀喜欢阴凉而且潮湿的地方。春天，它机灵、轻盈地随意捉些蚯蚓或小昆虫充饥；有时看到它在空中像只蝴蝶，不停地围着一片树叶转，原来是发现上面有一只苍蝇；有时可以看到它在陆地上扇动着翅膀，踏着小碎步向猎物冲过去。秋天，它或者吃些荆棘丛中的果实，或者飞入葡萄园吃些葡萄解馋，或在树林里找些酸浆果。这就使它很容易掉进人们为捕捉斑鸫而张开的网——猎鸟人常常用一些小野果作诱饵。红喉雀常光顾水边，它在那里或洗澡或饮水，尤其在秋天，因为这时候它比其他季节更显肥壮，而且更需要清凉解渴。

　　没有哪一种鸟儿比红喉雀起得更早。红喉雀是树林中最早醒来的鸟儿，天一亮就歌唱起来；它也是最晚休息的鸟，很晚还可以听到它的歌声，看到它飞来飞去的身影。人们常常在天还未全黑时捉到它。红喉雀傻里傻气，容易轻信，它们生性既好动又好奇，很容易掉进任何陷阱，可算是最先上圈套的鸟儿：只要诱鸟人发出一声鸣叫，或摇动枝条，发出一些响声就能把它吸引过来，随后用网套或粘板捉住它。猫头鹰的叫声，或用诱鸟笛模仿猫头鹰的叫声也可以惊动它。甚至只要把手指放在嘴里学它"吁依、吁依"的叫声或其他鸟叫，周围的红喉雀也会惊动起来。它们飞来时，从很远就能听到明快的叫声；那当然不是婉转的歌声，只是它每天早晚的叫声，或是在表达发现新思想时的激动。它们在人们设下的圈套区域内不停地飞来飞去，直到被粘鸟枝粘住。猎鸟人经常在树林里的小径上捕捉这些小鸟，圈套设得较低，因为它们的飞行高度离开地面不超过四尺到五尺。一旦其中有一只逃脱了圈套，它就会发出"滴、滴"的声音来报警，其他靠近圈套的鸟便会逃之夭夭。人们也可以在林子边上装有粘板和绳圈的竿子上捉到红喉雀；然而，最可靠的工具是捕鸟夹子和套鸟圈。甚至在这些圈套中放只幼鸟，只要在林中空地边上或在小路中间张开网，这些可怜的小鸟受到好奇心的驱使，就会自己钻进去。

鹡鸰

　　鹡鸰的个头并不比普通的山雀大多少，但是一条长尾巴足以让人感到它大。它的全身总长约七寸，尾巴就有三寸半，飞行时长尾巴展开，有如一朵花儿。它凭借这支又长又宽的桨，在空中平衡、转身、前冲并折回；停落时，要连续上下摆动五六次，来给自己所谓的尾巴找到平衡。

　　这些鸟儿在河滩上跑的时候非常轻盈。有时浅滩上的水织成了一个小水网，它们甚至迈开长腿涉进水中。人们更经常看到它们在磨坊的闸门上飞来飞去，时而停在石头上，好像是要和洗衣妇们一起洗衣。它们整天围在这些妇女身边，毫无拘束地靠近她们，收集她们扔过来的面包屑，还不停地拍打尾巴，似乎在模仿洗衣妇们敲打洗涤衣物。这种习惯动作使得它们得了一个别称——"洗衣鸟"。

　　有一种鹡鸰对于牛羊情有独钟，习惯在草地上伴随畜群。它们在吃草的牛羊中飞来飞去，大胆地混在中间散步，有时还停留在牛羊背上。它们与放牧人在一起无拘无束，飞前飞后，没有疑虑，也没有危险的感觉。它们甚至会在狼或猛禽靠近时发出警告。因而，这些在田园风光中生活的鸟儿有"牧羊鸟"的美称。它们天真纯朴，和平友好，是我们的朋友，除非它们被人类野蛮地赶走，或者因为怕送命而远离人类。它们与人那么接近，可以引得大部分动物靠近我们。对于鹡鸰来说，情感胜于恐惧，田野里没有任何鸟能与人如此亲密无间：它们很少避开人，即使离开也不会太远；它们对人十分信任，连手持武器的猎人靠近时，它们也不显得胆怯，一飞开很快就飞回来，它们甚至不知道什么叫作逃跑。

鹡鸰虽然是人类的朋友，但是它决不屈服于人类而成为奴隶，一旦被关在笼子里，就会死去。它喜欢与外界交往，惧怕窄小的牢笼；但是，要是冬天把它放到一所房子里，它就在那里生活，捉苍蝇吃或者吃船员喂给它的面包屑。有时候，行船的人们会看到它来到船上，钻进船舱，与船员们混熟了，在整个旅途中跟随船员，直到下船时才分手，以免在海上迷失方向。

鹪 鹩

鹪鹩是一种非常小的鸟儿，冬季到来的时候，即使天寒地冻，在农村和城镇附近还常常能见到它。特别是在傍晚，它回巢之前总要在外逗留一会儿，时而在木桩高处，时而在柴堆顶上，用明亮的歌喉发出愉快的鸣啭。有时也在屋顶前稍停片刻，然后便钻到屋檐下的墙洞里。它再钻出来以后，就会翘着小尾巴蹦蹦跳跳地跑到成捆的树枝堆上。它飞行的距离不长，总是围绕着某个地点飞，翅膀扇动起来，频率很快，肉眼难以看清翅膀的动作，只能听到空气的声音。因此，希腊人称之为"陀螺"。这个别称不仅能比喻它的飞行，而且也很形象地描绘了它短小而紧凑的体形。

鹪鹩身长不到 10 厘米，飞起来也只有 15 厘米左右；喙只有 1.35 厘米，腿高 1.8 厘米。翅膀以及头和尾巴均为褐色，上面有波浪般的黑色横纹，腹部夹杂着白色或灰色的羽毛，大致同小山鹬的羽毛一样，体重将近四分之一盎司。

这种小鸟差不多是唯一在我们这里坚持到严冬的鸟儿，在这个忧伤的季节里只有它保持愉快欢乐的情绪。它总是那样活跃，如贝隆所说，它那种快乐无法用语言形容。它的叫声既高昂又清晰明亮，由一些短促的音符组成："唏嘀哩嘀，唏嘀哩嘀。"大约每隔五六秒钟就重复一次。在宁静的冬季，我们只是偶尔听到乌鸦的叫声，而鹪鹩的鸣唱给我们带来唯一轻快优雅的声音。尤其在下雪的时候，或者在异常寒冷的晚上，更容易听到鹪鹩的叫声。这些小鸟生活在鸡舍或木头堆里，它们在树枝丛中、在树皮上、在屋顶下、墙洞里，甚至在枯井中，寻找昆虫的蛹或尸体为食。此外，还经常来到温泉旁边，或不结冰的小河畔，有时成群结队地钻进空心的柳树；常去喝些水，然后又很快地回到家里去。它们一点儿也不拘谨，毫无戒备之心，人们很容易靠近，但也很难捉到它们。它们身体小巧灵活，总能从我们眼皮底下逃走，从敌人的爪下逃生。

春天，鹪鹩在树林里居住，它们在靠近地面的茂密的树枝上，甚至就在草地上做窝，有时还能在躺倒的树干下或岩石边，或在小溪边上突出的地方，或在野外孤单的小茅草顶之下，甚至在林中烧炭工及伐木工的小屋里搭窝。鹪鹩搭窝时要收集许多苔藓，用来当外壳，再在里面铺上羽毛。它们的窝又圆又大，外表不起眼，像是一团丢在一边的苔藓，常能躲过毁窝者的寻找。鹪鹩的窝只是在旁边有一个非常小的出入口。通常一窝里有九至十个蛋，个儿很小，颜色灰白，大头的一边有片红色的斑点。鹪鹩一旦察觉它们的蛋被发现就会弃之而去，幼鸟在会飞之前就急忙离巢而去，可以看见它们在灌木丛中像老鼠那样奔跑。

图书在版编目（CIP）数据

松鼠 /（法）布封著；刘阳译. -- 武汉 : 长江文
艺出版社，2023.6
ISBN 978-7-5702-3098-3

Ⅰ. ①松⋯ Ⅱ. ①布⋯ ②刘⋯ Ⅲ. ①散文集－法国
－近代 Ⅳ. ①I565.64

中国国家版本馆 CIP 数据核字(2023)第 070254 号

松鼠
SONGSHU

责任编辑：付玉佩　　　　　　　　　责任校对：毛季慧
封面设计：天行云翼・宋晓亮　　　　责任印制：邱　莉　胡丽平

出版：长江出版传媒｜长江文艺出版社
地址：武汉市雄楚大街 268 号　　　邮编：430070
发行：长江文艺出版社
http://www.cjlap.com
印刷：武汉市首壹印务有限公司

开本：640 毫米×970 毫米　　1/16　印张：6.75　　插页：4 页
版次：2023 年 6 月第 1 版　　　2023 年 6 月第 1 次印刷
字数：62 千字

定价：22.00 元